Fate/Requiem

1

「漫步群星的少年」

Fate/Requiem

I

「漫步群星的少年」

CONTENTS

插畫／NOCO
背景插圖／友野るい

序章

好像有人稱呼我為〝死神〞。

從事這份工作到現在，只有一次有人向我表達謝意。

——糟透了，今天晚上真是糟糕透頂。

追兵的數量又變得更多。

正確來說，牠們不斷在持續分裂。

這些動作敏捷的魔物，牠們生命的意義就是把人類依照肢體器官分門別類肢解。

不管再怎麼殺，牠們還是會一批又一批蜂擁而至。

我對自己施加的《身體強化》早就已經失去效力。

以前積存好多蓄有魔力的咒物，這時候也都已經全都施放殆盡。

經過強化的視力、心肺功能，以及其他林林總總的身體機能也全都已經筋疲力竭，連一般程度的能力水準都沒有了。

現在還能夠依靠的，就只剩下我弱不禁風的血肉筋骨、五臟六腑，這具十四年來還勉強保持四肢健全的身體了。

另外就只有被懊悔的細針銘刻在心臟的慘痛教訓。

布滿每一寸皮膚的《物理護壁》也已經降低到基準值。只要狠狠挨上一下，我就會整個人支離破碎，就像掉在地上的盤子那樣。

就算不至於走到那一步，今晚好像會有什麼糟糕透頂的事情在等著我。

我有這種預感。

我滿頭都是泥水，渾身上下滿是還沒資源回收的垃圾，在小巷子裡左右奔竄。

這裡是從神田明神延伸出來的參道，我就從參道分岔出的好幾條又陡又狹窄的石階上滾了下去。

身前的兩個男人一再驅趕那些不速之客。

「嗚噁，還沒到港口嗎？我的心臟都快要炸開，一命嗚呼了。」

男人很不爭氣地氣喘吁吁，一邊說道。

「你死不了的啦！都活那麼久了，怎麼不傳授一點祕訣給我。既然肚子裡沒墨水，還不閉上嘴巴快跑！」

「喂喂喂，要我閉上嘴，那就是上西天見佛祖的時候了。就算我變成骷顱頭，牙齒也一定會喀噠喀噠響個不停，妳說對吧。」

「我會把你那張嘴巴綁起來，用鐵絲狠狠繞上一圈又一圈！」

這傢伙的不死身笑話我都不曉得聽幾十次了，真是愈聽愈火大。

無論捅他幾刀或是餵幾顆子彈根本都不會死，還講這種無聊笑話。

不過看他那副七零八落的狼狽模樣，倒是和我有得比。

這年頭什麼〝不死身〞根本一點都不稀奇，可是他還刻意講給我聽，心眼真是壞透了。再說他們明明是猶太人，說什麼上西天見佛祖是怎樣？

「總之快跑就是了！」

「——嗯。」

另一名男人點點頭。

當夥伴在巷子轉角處腳下一滑的時候，那名男子若無其事地把對方的腰帶當成帆船的繩索，也就是帆索一般硬扯回來，同時一邊說道。

「只要能夠到達港口，我們就贏了。」

那人一頭蓬鬆黑髮還有如小蟲般彎彎曲曲的鬍碴，散發出無邊大海的氣味。

那是烙印在他靈魂深處中真正的海風與陽光的氣味，與這座城市的虛假自然截然不同。

「嗯，我很期待你的表現，〝船長〞。」

「…………」

我得到的回應是一陣沉默。

他與他的夥伴兩人明顯的明暗差異，到現在還是讓我感到驚訝。

討海人不喜歡說廢話是嗎？我不這麼認為。他只是不相信我而已。

我很慶幸沒有與這名標準剛毅質樸的討海人站在對立面，因為之前的狀況確實很有可能會演變成那種局面。

而且……他那雙隱藏在輪廓頗深的眼窩當中的灰色眼眸，出乎意料還挺可愛的。

不消說，真正能讓〝船長〞大展身手的地盤是在大海，陸地上沒辦法讓他完全發揮本事。

因為如此，所以我們正一路趕往港口。

那些追著我們跑的魔物真正的目標並不是我，而是和我在一起的這兩名男子。

他們就是我這次〝工作〞的保護對象。

他們其中一人是呼應召喚前來的英靈——沒錯，就是從靈(Servant)。降靈魔術的結晶。

另一個人則是人類——放棄人類身分的人類。

街頭上的人都在說，居住在城市的從靈都很安全，不會傷害人。

可是只有市民相信那些話，他們這樣相信倒也是一件安穩又幸福的事。

為了維持那些市民的日常生活與幻想，所以才需要像我這種人，專門幹一些令人忌諱又厭惡的工作。

就是用我這雙手，去殺害英靈——

那個女人也是這樣。

她就是經過我**適當處理**的其中一人。

那個女人名叫《昆德麗》，是一名為愛瘋狂的**女性異教徒**。

她內心仇怨的餘韻、應該已經被我處理掉的敵人留下的強烈詛咒、精密到令人膽寒的陷阱到現在還留存於世，追我追到天涯海角。

就是那些小魔怪。

這些魔怪一邊大口吞噬滲透這座城市的魔力，然後死纏爛打到底，甩都甩不掉。

我早就料到昆德麗會駕著馬匹出現，可是沒料到她竟然懂得那種召喚魔術。我之前搜尋的文件當中沒有這項情報。

昆德麗召喚出的魔物是小魔怪〝格雷姆林〞，在魔術的世界裡資歷很淺，算是很現代的魔物。

這種魔物會躲在機械或是電子機件當中，我認為相當適合用在這座城市裡。

（聚集在裸露在外的靈脈的害蟲……效率還不錯）

現在可沒時間佩服了，因為就在短短幾分鐘之前，我的手指還差點被牠們咬掉。

只要讓這兩名男子開船離港，這些辛勞都會迎刃而解。

「沒錯，就是那裡。跳到那條水道上！分支的岔路可以一路連到港口。」

「哎呀，只有一條路啊。討厭，真是令人毛骨悚然耶。」

男子毫不緊張，甚至連裝都不裝一下。

這條岔路是一條水泥通道，有一層淺淺的積水。

現在是退潮時分，應該很適合駕船出港。

「恭喜妳啊，死神小姐。這樣妳就可以真正把咱們倆趕走了。」

「是啊，你說得沒錯。我可以落得輕鬆自在了。」

「不愧是死神，講話還真不留情面。這下亨德里克又討不到老婆了，是不是又要敬請期待七年之後的大好良機了呢？」

多話男子朝夥伴的背影瞟了一眼。那副沉默的背影看起來好像有那麼一點落寞。

七年，七年之後。大約是兩千五百個日子？我不曉得不死人怎麼感覺，可是對我而言，七年後彷彿就像遠在一片烏黑厚雲彼端的另一個世界的名稱，根本會不會真的到來都不知道。

「關於這件事……呃，我感到很抱歉。」

「沒什麼，我還會再逗他笑的。還真是可惜，這座城市住起來還挺舒服的。熱鬧又瘋狂，而且還恰到好處地遺忘我們的存在。」

「……是嗎？」

可是只要你們待在這裡，你的這份保證過不久就會失效了。

所以這也是無可奈何的。

停泊在港口的帆船上的帆布映入眼簾，我都忍不住想鬆一口氣。

不行，不可以讓自己失去冷靜，隨時隨地都要保持冷靜。

從容不迫……從容而不急迫——這是**老師**以前曾經教過我的一句話。

冷靜不是對情感的否認，只是接受情感而已。

不管是憤怒、懊悔、痛苦或是恐怖，把所有的情感全數包容。

我不能把他們拒於千里之外，必須接受他們成為自己熟悉的鄰人。

不然的話，我就不能保持距離從客觀的角度看待自己。

多虧有這項信念，過去我才能好幾次撿回這條命。

＊

我們到達港口，運氣很好地發現一艘沒被鎖上的船隻。

那是一艘狹窄的手划小舟，他們兩個大男人一坐上去，大概就會塞滿了。

「這……這種小船真的安全嗎？」

「這樣就夠了。」

船長扔下這麼幾個字之後，從其他帆船找來兩支船槳。

怎麼看都不覺得這是要準備啟航到外海的樣子。

無論如何，至少他們沒有浪費時間沉浸在感傷的情緒當中。

我仔細調查小舟上有沒有設置陷阱，然後查看四周有沒有追兵過來。

深夜的神田川上，平靜的水面映照著輕搖的霓虹燈光。

港口附近沒有人走動，也看不到水上巴士的船影，看來不用擔心會波及市民了。

「那我們就此別過啦，可愛的死神小姐。」

他們已經乘上小船，然後把纜繩用力一扔，站在棧橋尾端目送他們的我趕緊把纜繩用兩手兜住。

「其實啊，我也可以宰了妳，然後繼續在這座城市待上一陣子呢。」

「……是，我很明白。你只是尊重〝船長〞想要出航的意見而已吧，亞哈蘇魯斯……先生。你可是比那個瑪土撒拉還有諾亞活得還久，是人類史上最長壽的人。」

男子傲然一笑，只是搖搖頭。坐在一旁的〝船長〞在棧橋柱上用力一頂，讓小船轉向。他並沒有加入兩人的對話，兩手重新握住船槳，開始用力划船。

「妳太看得起我啦，妳應該也知道吧。因為背棄上帝，連死都死不成的人可不只有我而已。即使到了現在這個時代，妖魔鬼怪還是到處流竄。而且像妳這個出生在馬賽克市的新世代，難道就真的能算得上是人類嗎？欸，妳怎麼想？」

小船駛離棧橋在水面滑行，迅速變得愈來愈小。

我把羞辱感藏在平常心之下，勉強只能擠出幾句話向他們道別。

「亞哈蘇魯斯……傳說中的《流浪猶太人》！我會為你祈禱，希望你能找到自己的安寧歸處！」

傳說中的不死人邋遢地在小船上躺平，對我搖了搖手。

我真的很想再和你多說說話，很想多了解你的生平。

他只是對我報以滿是嘲諷意味的笑容，就像過去**那位**曾經對他露出的殘酷笑容一般。

「別傻啦，這世上哪有什麼安寧歸處！走到哪裡都是地獄、地獄和地獄而已。真是的……妳處處妨礙我們在這裡停留，實在沒理由向妳道什麼謝。不過我生平最喜歡的是三餐的貝果，最討厭的就是看到任何令人不快的事情，老人家就來傳授妳一項祕訣吧！」

小船終於划入神田川的水流，他從漸行漸遠的小船中大聲喊道：

「——盡量去享受人生吧！活得瀟灑不就是這麼一回事嗎？」

看他那副笑容，到最後都還是滿嘴胡言。

「…………怎麼可能……」

我一點都不想聽這種玩笑話。

就算那是最資深前輩提點晚輩的金言玉律也一樣。

我知道好幾個本來想要享受人生，後來卻輕易送掉性命的人。

就算活得痛苦、活得不愉快，那又怎麼樣。

我可不想死。

後頸一陣惡寒。

一群小魔怪已經逼近，追到這裡來了。

雞皮疙瘩過後幾秒鐘，接著便是一陣利爪抓過柏油路面的聲音以及無數尖銳叫聲。

那些魔物一起從港口的陰暗處現身，在港口停泊的船隻甲板上一艘一艘跳過去。

「竟然還有這麼多……」

那群小魔怪也不理會我，只是在水面上奔跑，試圖想要追上亞哈蘇魯斯他們。

即便牠們個別一隻沒什麼殺傷力，但要是那麼一大群衝上小船的話，小船轉眼之間就會消失在海裡。

逼命絕境讓我心生恐懼，但我還是拿出壓箱底的絕技《魔彈》，對準搶先的那群小魔怪，同時對他們兩人發出警告。

「〝船長〞！」

可是在我還沒出聲警告之前，他已經把船槳塞給亞哈蘇魯斯，在搖擺不定的小船上站起身來。咻的一聲，我聽見他大大地吸了一口氣。

「喲荷，荷——荷咿！荷呦——荷——荷咿！」

他彷彿從漫長的沉默當中甦醒一般大叫起來。不，應該是高聲歌唱。

厚實胸膛發出雄壯渾厚的音量歌唱著。

那是討海人的歌，真正海上男兒才會哼唱的船歌。

而我——親眼看見了那一刻。

我看見亞哈蘇魯斯細瘦的手腕隨意高舉過頭，左手的手背上浮現出一道造型獨特的紋路，發出深沉的紅色光芒。

「出航吧，亨德里克。我們又有好長一段時間不會再踏上陸地囉。」

「Hu—ssa！」

從契約主傳達給從者。

〝船長〟第一時間回應以魔術祕法《令咒》所下的指示。
指哨吹出清亮的聲音，響遍整座港口的每一個角落。
濃厚的魔術衝擊波讓空間產生扭曲，拍打著我的臉頰。
「拉起船錨！升起船帆！瞭望員就位！我們必須得出海了！航向永無平靜之日的風暴之海！」
聽到〝船長〟一聲接著一聲的呼喚，**好幾道聲音**從水底下發出回應。
『Hu——！』
先是一陣令人毛骨悚然的笑聲，乍聽之下直讓人誤以為是骨頭摩擦的嘎滋聲，接著又傳來一陣歌聲。
『哈！』『哈！』『哈！』『哈！』
『怎麼沒看到你的新娘子啊，船長？』
『快把陸地的酒拿來！那種喝了喉嚨會燒起來的蒸餾酒在哪裡，船長？』
『Hu—ssa！Hu—ssa！Hu—ssa！』
一群蒼白的人魂在小船底下旋轉翻騰。
另一方面，那群小魔怪看到魔術現象發生原本還毫不退縮，繼續在水面上狂奔，一口氣與小船縮短距離。這時候牠們發出警戒的吼聲，開始慌亂起來。

紅色布條的一角衝出水面。那塊紅布把這時候剛要抓住小船的魔怪如字面形容一般大卸八塊。

從水中出現一面染成鮮紅色的帆布。

一根黑色巨柱擠開小船，破水直衝天際。

兩人好像早已做好準備，立刻棄舟跳到黑色巨柱上。

神田川的河面隆起一大塊，一艘巨大無比的船體悠然現身。

——那是一艘帆船。

那是在大航海時代劃開大西洋的橡木造大型帆船。

斜桅從船艏突出，彷彿在威嚇任何近身的敵人。線條和緩的彎曲船體看起來十分厚重，高高聳起的船尾樓有如堡壘一般給予周遭強烈的壓迫感。

直入夜空的三根船桅上掛著鮮血所染紅的帆布。

這就是從靈《漂泊的荷蘭人》擁有的至極《寶具》。

「那就是漂泊的荷蘭船 Flying Dutchman……！受到詛咒只能永遠在暴風雨海上漂泊的幽靈船……」

親眼看到超乎常理的魔術顯現，我的臉頰都有些發麻。

紅色的帆布一如傳說那樣，還有漆黑的船體，讓我不禁渾身顫抖起來。

那艘幽靈船與〝船長〞——也就是漂泊的荷蘭人一同遇災，永世不得安寧。

雖然拍打在棧橋的大浪差點沒把我捲下去，但我的雙眼被那艘裹著強烈靈氣現身的雄偉船隻緊緊抓住，根本移不開視線。

躲過帆布攻擊的小魔怪仍不死心，還想攀上船體。

可是那些人魂當然不會允許牠們擅自登船，他們化做水手亡靈的模樣，一個一個落在甲板上站定，從腰間拔出彎刀，看上去就像遊樂園的遊樂設施一樣。

他們同樣也是被詛咒困在Flying Dutchman船上的人，屬於這件恐怖寶具的一部分。刀鋒上絕對殺不留情。

『哈！』『哈！』『Hu—ssa！』

『不過是一群無趣的魔物，根本用不著開砲！』

『我還要更多鮮血，船長！』『Hu—ssa！』

船員們占據絕對優勢，結束了這場肉搏戰，先前那兩人在陸地上吃盡各種虧好像是假的一樣。

亞哈蘇魯斯只是在一旁看好戲，身為御主這是正確的態度，但我怎麼樣都覺得看了實在不爽。

最後一隻格雷姆林被〝船長〞自己執槳一槳打死。

「別再廢話了，水手們！往海上航行吧！」

〝船長〞指示船員們再度啟航。

他舉槳指向夜晚的水平線，一道閃電在遠方的水平線上劃過，傳來一陣陣悶雷響。就如同當初他們來到這座城市的時候一樣，狂風暴雨的大海又在等著他們了。

揚起的船帆吃滿了風，帶著幽靈船前往無盡海途。

船影愈來愈小，逐漸消失在夜幕之間。

只剩下蒼白搖曳的亡靈口中吟唱的歌聲餘音還在無人的港口蕩漾。

『darais, nicht, ewigkeit— darais, nicht, ewigkeit—』

這幾個詞句我記得在教室的圖書館裡好像聽過，也跟著哼唱起來。

「darais... nicht... ewigkeit—

〝受到魔王詛咒的船帆永世不損，直到世界末日那刻。〞」

從我這邊已經看不見〝船長〞的身影了。

唯有那個在船尾樓上倚欄而立的細瘦人影直到最後都沒揮手，彷彿一直回首望著這座城市的燈火。

＊

暴風雨遠去，港口又恢復平靜。

「唉……」

即便已經目送他們離港出航，我還是遲遲無法移動腳步。

一部分當然是因為疲勞襲來造成渾身無力，可是最重要的原因是我想好好回味這幾天與他們共度的回憶，以及不由自主被打動的內心悸動，然後珍藏在心中。

我又嘆了一口氣，指尖輕觸其中一綹瀏海。

我將原本調成拒絕來電模式的魔術回路又重新打開——一則通訊好像看準時機，在這時候打了進來，一抹熟悉的聲音讓我鬆了一口氣。

『……妳的工作已經結束了是吧？』

「嗯。」

這是我和**老師**之間最常見的對話。

細微的震動直接傳達進內耳，在我耳中聽起來就是聲音。這種不經由電磁波的通訊方法是衍生於自動筆記魔術，其他市民用不到，只屬於我的小把戲之一。

「這次任務的保護對象——〝流浪猶太人〞不死的亞哈蘇魯斯，以及他的從靈〝漂泊的荷蘭人〞亨德里克・范・德・戴肯船長。我已經讓他們徹底離開馬賽克市《秋葉原》地區了。」

「那他們要再來的話，至少也是七年之後嗎？」

「應該是。其他入侵者不說，他們應該是要等七年之後才能再來。因為亞哈蘇魯斯看起來除了亨德里克以外，沒有與其他從靈締結契約。」

〝船長〞的幽靈船是非常特別的。

馬賽克的諸多地區當中，《秋葉原》被稱作〝臨海都市〞。顧名思義，周遭被大海所環繞。

可是這不代表這裡的地形可以任人來去自如。相反的，這座城市圍繞著非常堅固的結界。《聖杯》不會允許有人動粗突破環繞四面八方的結界，強行靠岸。

〝船長〞他們背負的強力詛咒讓他們在七年當中只能上岸一次。可是從另一個角度來看，這也是一種優點，每過七年他們就可以進入任何地方。

要是他們存心入侵，有意汙染《秋葉原》這個地方的話，要我一個人應付恐怕會非常困難。

『——我明白了。』

感覺起來老師似乎接受我的說法，然後把需要確認的事項導入核心議題。

『……那昆德麗呢？』

我壓抑差點變調的嗓音，稍微停了一會兒讓呼吸平復。

「殺掉了。我確認過她的靈基，已經消滅了。」

這種危險的話題實在不適合在大街小巷裡講。我再次環顧深夜裡的港口，沒有任何變化，無人的港口依舊無人。

「……可是我覺得……那個女人設下的術法可能還留存在某個地方。之後我會再調查看看。」

『喔，自主活動型的從靈都已經消滅了，術法還有可能留存在土地上嗎？』

「嗯，所以我才吃盡了苦頭。真是的……」

『是嗎？這次的案例還真少見……可說是挺棘手的。如果妳要對市內那些不當利用的靈脈徹底掃描一遍，我也可以助妳一臂之力。』

「掃描應該掃描不出什麼反應。我也不知道為什麼，看起來應該是用某種方式隱藏起來。」

『原來如此……這樣的話似乎的確需要藉助妳的力量了。』

「是啊。」

『…………』

老師陷入沉默，引人遐想。

兩人之間瀰漫互相試探的氣氛。

要是這時候兩人可以看到彼此的表情，對方一定一眼就能看穿我內心的動搖。要把影像傳送到通訊迴路上當然可以。別說影像了，甚至連五官感受都能直接傳送。不過這種毫無隱私的工作方式我不喜歡，再說現在我已經沒有多餘的魔力可以用來傳送了。

委託工作的客戶似乎暫且接受我的報告內容。

『——知道了。關於細節就等之後當面再說吧。』

「我明天就有空，會去教室一趟的。嗯。」

『這樣嗎？如果妳方便的話，那就約明天吧。再請妳向我報告。』

「好。」

『這次又辛苦妳了——晚安，繪里世小姐。』

『嗯。』

老師就是客套有禮。對一個不知何謂真正睡眠的人回禮說妳也晚安是滿奇怪的，但這不是重點。

只是就在我也想說些貼心話的時候，對方開口打斷我。

『啊，對了。繪里世小姐，我想到一件事。』

「什麼？」

『卡琳小姐對我發了一頓脾氣。』

「——卡琳？」

『就在剛才，她的火氣好大。她說不管直接通話或是文字訊息，繪里世都不理會。氣呼呼地說是不是網路有問題。我已經向她解釋，繪里世小姐正在工作，所以才會關閉通訊。』

「啊……真是不好意思。」

『不會，彼此彼此。』

＊

……彼此彼此？

關閉通訊絕對是正確的做法，老師應該沒必要向我道歉……才對啊。

「卡琳那傢伙……」

目送傳說幽靈船出航之後，我邁步走出棧橋。

穿過港口踏上歸途，視線的一角盡是一塊塊白色帆布，有如一大片森林。

在工作的時候和卡琳閒聊，這種漫不經心的態度可是會要人命的。要是在生死交關的時候分心，幾條命都不夠用。

可是到頭來我還是太過輕忽。工作告一段落，最後的成果讓我得意了起來，不禁有些飄飄然。

——港口的末端，這裡是遊艇港口的盡頭。

有一段斜坡路穿過櫛比鱗次的倉庫街，通往上方的車道。那個女人就站在斜坡路的頂端。

一身修道服被海風吹得獵獵作響，原本隱藏在頭巾下的長髮此時也在風中恣意飄逸。

「妳現在的心情如何啊？」

那個女人不改嫻淑的態度向我問道，語氣中卻帶著赤裸裸的輕蔑。

「隨隨便便搶走別人心愛的對象，把我打得傷痕累累……而且還不給我一個痛快，就把我扔在街頭上不管。沒錯，妳明明多的是機會可以殺我，卻擺出傲慢的架子對我施捨同情……想必妳現在的心情一定很志得意滿對吧。」

異教徒昆德麗，她有著一頭黑髮與褐色的肌膚，那雙低垂看似慵懶欲眠的雙眼則是暗色的。

豔麗的雙唇暗藏著強大的覺醒魔力。

無懈可擊的美麗臉龐有著濃濃的地中海風情……這是我個人的想法。前提只要捏住鼻子，別去聞她滿是一肚子算計壞水的內臟臭味。

那身由馬毛編織，贖罪之人所穿的衣服在經過激戰之後變得破爛不堪，結果就是大膽地裸露出大片肌膚。

最初和她接觸的時候，看起來完全就是一個端莊賢淑的修女。如今那一身對上帝大不敬的模樣，就算在萬聖節看到也令人大搖其頭。

不過讓那件衣服破爛到無可挽救地步的罪魁禍首其實就是我。

「啊啊……妳的名字叫做繪里世是嗎？不，是我失禮了。妳應該叫做〝死神〞才對。」

「……昆德麗……」

這女人真是無可救藥。

我設下**機關**癱瘓她的馬匹，之後激戰還讓她本人受了那麼重的傷，沒想到竟然還能活動。看來我必須審視對《Rider》職階的基本評價了。

我一字一句仔細解釋給她聽。

「……妳聽好了，昆德麗。這些話先前我也講過，還講了好幾遍。我只是優先讓亞哈蘇魯斯與〝船長〞去避難，可沒有搶妳的男朋友喔。」

「…………」

昆德麗的眼眸還是直直俯視著我，動也不動。

我知道講這些她也聽不進去，可是現在我需要時間觀察。在施法者本人失去意識的當下，她仍然驅使那麼多格雷姆林，而且還這麼快出現在我的面前。我需要知道她現在的狀況。

情況對我不利。要用魔術迴路向老師求救嗎？不可能，這是我自己灑下的麻煩種子。

我不覺得那時候沒殺掉昆德麗是錯誤的選擇。

對這座城市而言她的確是禍害沒錯，可是大前提是如果亞哈蘇魯斯兩人繼續留在這座城市。因為追根究柢，昆德麗只不過是追著他們而來的外地人而已。

「我再說一次，請妳離開這座城市。妳也不想就這樣因為傷重無法恢復而消滅吧？」

「我也要再說一次，把**他**還來。」

「……還在問他……」

我很驚訝，她到現在連這件事都還沒發現嗎？難道她什麼都沒想，就這樣一股腦地追過來嗎？

「已經來不及了，他們倆已經出航了。很遺憾，妳設下的魔物陷阱也全都報銷，所以想追也追不上去。」

他們已經出航是事實，陷阱的事情卻是謊言。我還是希望她能夠放棄。

「他拋下了我一個人……？嗚嗚……喔喔喔……」

昆德麗彎著身子，發出難受的哀號。她用力搔抓頭髮，眼睛從兩臂之間死瞪著我。

「我要復仇！要讓妳嘗嘗報應的滋味！」

這真是天大的誤會，天大的麻煩。女人燃起熊熊的嫉妒火焰。

既然如此……難道只能讓她報復了嗎……？

「……欸，我不覺得這是聰明的選擇。妳根本贏不了我，昆德麗。」

「真的嗎？妳也看到了，我的靈基還維持著，而且還很穩定。」

她一步步沿著斜坡路的樓梯走下來，一邊誇張地側著頭。

「氣空力盡的應該是妳吧？妳的魔力已經所剩無幾，連我接近都沒察覺。和小魔怪交戰應該也把妳的護身護符與寶石都用光了……我說得沒錯吧？」

「…………」

「一個年紀輕輕的小女孩卻肩負起這座要塞的巡夜工作，我很佩服妳這份氣魄與不凡的使命感。可是……」

昆德麗把纏繞在腳上的修道服衣襬撕掉。

「到頭來妳是人類——而我是從者。」

「我知道。」

就算她已經瘋狂，也還是知道自己是自律活動式的從者。既然那樣，那還只差一步。

「正因為如此，昆德麗，所以這座《秋葉原》容不下妳的存在。不管妳去到馬賽克市的任一個地方，都會被當成異物排除。因為妳的靈基已經打上識別標記，城市已經不會再供給魔力給妳。不只如此，光是留在這裡，這裡的魔力還會變成汙染靈基的毒素慢慢侵蝕妳。」

不用我特意口出警告，光是現在藉由呼吸動作汲取魔力，她應該就會感到周身痛苦不堪才對。

可是她似乎連這種痛苦都視為與所愛之人天涯兩隔的苦楚，代表她與愛人的羈絆有多麼深。

「…………」

昆德麗憤恨地蹙著眉頭，她現在光是維持實體並且不倒下來應該就已經很勉強了。另一方面，就算只有短短的休息時間，但我的體力正逐漸恢復當中。

「護符與寶石確實保護了我的性命，可是它們真正的用途不在於護身。」

「我不懂妳說什麼。」

「我想也是。」

昆德麗，妳事先得到這處將會成為戰場的地方一切相關的知識，而且也為了自己的目的而利用《秋葉原》這塊土地。

可是妳應該沒有多花一點心力調查隱居在這座城市的死神吧？

當妳知道我為什麼被稱為死神，屆時就是妳的死期了。

可是——

「妳不應該死在這裡。」

她詫異地皺起臉龐。

雖然不知道是誰，總之一定是很高等的魔術師召喚出昆德麗這名從者。

分。

妳也同樣是具備魔術層面上第二類永久機關，漂泊在人世當中的傳說的一部

顯然妳是很可怕的威脅，要是讓妳繼續留在這座城市，最後肯定會淪為吸收市民精氣的怪物。

「這樣太可惜了……」

我認為這真的是一種奇蹟。

一名從者竟然會愛上另一名從者。

這種奇蹟並非《聖杯》賦予的使命，再也不可能會發生第二次。

昆德麗愛上的本來應該是那名白鴿盤桓其上的聖潔騎士。

和那個人完全不同——與漂泊荷蘭船的船長有如天壤之別的另一個人。

「妳喜歡上了〝船長〞對不對？明知不能，但妳還是追尋著他來到這座城市對不對？花了幾十年，說不定幾百年的時間！」

我小心翼翼地一步步靠近她。

「既然這樣，那妳既不是從者，也不是什麼過去的亡靈。妳是活在當下的人，妳是一個人啊。」

昆德麗已經甩開《聖杯》的束縛，活出一個大家從未看過、只屬於她自己的全

新故事。

「我……我必須要殺死這座城市當中違反《聖杯》規則的從者，這是我的工作……所以不能幫助妳。」

「所以妳願意放我一馬是嗎？就因為妳自己的一心之念？呵呵呵……妳真是好心……」

她發出幾聲無力的自嘲笑聲，身體晃了一晃。她的臉色一片蒼白，愈發沒了血色。

「昆德麗……妳必須盡早離開這裡……妳現在去坐電車的話還來得及。最後一班電車還沒從車站發車！」

她已經沒有辦法讓魔力循環再生，時間所剩無幾，只怕不到一個小時了。而且……要是讓**老師**察覺她還活著，那一切都白費了。老師絕對不可能放過她。

「他的船……還會再回到這座城市嗎……」

昆德麗滿身的敵意忽然降低，對我問道。

她的聲音聽起來像是老太婆一般嘶啞，可是語氣卻有如純真的少女。

「……我不知道。」

關於這個問題，我沒有答案。

至少在他們倆還沒離開之前，看不出有再回來的意思。

如果要從定義上解釋〝註定永遠流浪〞這句話，來過的城市他們應該就不會再造訪第二遍。打個比方，定期在兩座城市之間來回，這樣的行為就不叫作流浪了。如果要造訪同一片土地，至少得等到都市的名字改變，時間與人事物都已經變遷之後才行。不然命運應該不會允許他們再次到來。

而且昆德麗的傳承故事當中，她同樣也是不死之身，註定必須四處漂泊。只是她的漂泊形式與猶太人、荷蘭人都不一樣。傳說中她是帶著原本的記憶，在〝世界〞與〝世界〞之間一再轉生。過去她曾經是一名魔女，是希律二世的王妃，也曾是北歐主神奧丁的女兒，甚至還是女武神瓦爾基里。她命中註定每次一轉生就會臣服於強大有力的男性，不斷被當作道具利用。這樣的命運會永遠持續下去，直到與真心所愛的人結合，對方賜予她死亡才能拯救她。

如今她又以從者的身分受到召喚，被某人使喚。照理來說，從者的記憶會在召喚時歸零，可是昆德麗的特性連身為從者的記憶都有影響。這種悲慘的際遇與亞哈蘇魯斯相較起來，又是截然不同的活地獄。

「可是……」

漫長而龐大的過往時光淹沒了昆德麗，她只能勉力掙扎。而我唯一能讓她看見的希望只有一樣。

「……妳一定還可以與他們見面的，只要妳做出正確的選擇。之後的事情誰也說不準……妳一定可以改變未來的。」

我試圖想要靠近飽受折磨的她身邊，指尖都可以碰觸到她的距離。

可是我流於表面的話語以及幼稚的心靈都沒有觸動到她。

回應我的就只有毫不動搖的眼眸以及強烈的抗拒。

「妳說謊。」

昆德麗搖搖頭說道。

「在我的舞臺上絕不允許有人不懂禮數就擅自鼓掌喝采。妳對我的絕望又了解多少？」

被她看穿了。我這番話確實違背馬賽克市的規則，而昆德麗一眼就發現我言語中流露出些微動搖。

「妳說能夠改變未來？改變我的未來？既然這樣，要是妳有能耐殺我，那就試試看啊——動手啊，〝死神〞！」

「昆德麗……」

傳說中，異教的女人昆德麗絕對不會說謊騙人——可是也絕對不會為善。

她的手高舉過頭，一股魔力瞬間集結成為直線狀的結晶。

那是一柄長槍。

一柄具備古代羅馬帝國的設計風格，由步兵配備的長槍。

「那柄——長槍是——」

我口中的自言自語還沒說完，人就已經下意識地往後飛退。

寶具！

聖槍——朗基努斯——

我又輕忽大意了。昆德麗的寶具不是她的坐騎，也不是覺醒之脣。

我完全沒料到那柄受到詛咒與祝福的長槍竟然會在她的手上。

瘋狂的女人高高舉槍，雙眼直盯著迅速與她拉開距離的我，全身如皮鞭般一彎，把手中的長槍擲出。

「——！」

長槍以超音速直刺而來。

我趕緊發動單一工程的詠唱魔術。

瞬間發射出去的必中魔彈岔過聖槍飛來的軌道，勉強只能讓原本直刺心臟的軌跡稍微偏移一點。

「──────」

長槍深深刺穿我的身軀，我整個人打橫飛過整個港口，掉進神田川的水面。

高高濺起的水花映照出街頭的霓虹燈光，一瞬間閃耀出極為俗氣的光輝。

「……嗚……porca... miseria...」

我也只能咒罵一聲，然後往水底直直沉下去。

＊

──我做了一場夢，一場小小痛楚的夢。

我自幼就沒了雙親，於是被送到唯一的親人，也就是我祖母的家裡。

那是一棟位在《新宿》郊區的木造古舊獨棟住宅。

那時候的我從來不把感情表現出來，一點都不討人喜歡，祖母想必也不知道如何和我相處吧。

某一天下午，我們在狹窄的院子一個角落鋪上報紙剪頭髮。

我坐在椅子上任由祖母處置，那時候的我年紀還小，雙腳還碰不到地。

祖母的手實在說不上有多靈巧，握在她手中的打薄剪刀梳型的刀尖碰觸到我的左耳上方，傳來一股寒意。

這時候啪嚓一聲，我的耳朵連同頭髮一起被剪到。

那時候當然很痛，可是我卻沒有表現出任何反應。

因為我認定剪頭髮就是會痛，也就這樣接受了。

最後當祖母快要剪完的時候，發現一道鮮血沿著我的脖頸流下來。這時候她才察覺自己的粗心與過錯。

祖母頓時無言，然後露出悲愴的表情看著我，彷彿世界末日降臨一般。

剪完頭髮之後，她的心情也一直很低落。

她幫我包紮好傷口，過了一陣子之後對我說道：

繪里世，如果覺得痛的話就要說出來。

看到我點點頭，她又露出泫然欲泣的表情，然後微微笑了笑。

當時耳朵上剪到的傷口到現在還留有一點傷疤。

那是一道缺口傷痕，看起來就像是車票被剪票夾在邊緣剪過的開口一樣。

＊

——我從短暫的夢境當中甦醒過來。

一股冰冷又強烈的刺痛貫穿我的側腹。

當我意識到異樣的同時，火熱的疲倦感慢慢席捲我全身。

昆德麗那一槍真是又狠又準，那就是在英靈殿鍛鍊出來的長槍術嗎？

自己已經墜入神田川，此時此刻還在往河底沉下去。奇怪的是我一點都沒有現實感。

或許是因為壓抑過度強烈的痛楚，使得我的感覺麻木的關係吧。

雖然復原機制正在全力運轉，但卻緩不濟急。

我的意識還夠清醒，還能夠進行自我分析。但是包括意識在內，還有事前設想到這種緊急時刻而練就的水中呼吸能力都只能再撐幾秒鐘而已。

在我迷糊的視線當中，插在腹部上的長槍輪廓變得模糊，逐漸失去實體，從尾端開始慢慢消融。

（這柄長槍……是《投影》……不是真性寶具……）

這是非正式使用者所製造的假性寶具。

（說得也是……真正的聖槍……區區魔彈怎麼可能震得開……）

可是那柄長槍的骨架精度非常高，甚至足以與真正的魔槍一較長短。

想到自己判斷力有多麼粗淺，又想到現在置身的狀況，不禁讓我揚起嘴角自嘲起來。

投影出聖槍的昆德麗好像沒有來回收這柄即時打造的假槍，也沒有來確認敵人是不是真的已經死了。

看來她已經消氣，該報的**大仇**也已經報了。

她應該已經沒有理由繼續留在這座城市。希望在她自己的靈基消失之前，她能夠盡快離開《秋葉原》。

不過要是又打照面的話，我倒是想狠狠對她發個牢騷。

我在水中失去分辨上下的感覺，現在似乎是面朝上往下沉。

映照在水面上的霓虹燈光交相混雜，布滿水面。

彷彿月夜裡點綴著天空的點點繁星一般。

（看起來……好漂亮……）

從脣邊逸散的生命化作水泡，往天上爬去。

接著——

我邂逅了命運。

最先開始的徵兆是音樂。

鋼琴的獨奏、管樂器的重奏、人聲和音，甚至連輕快的電吉他都有。

各式各樣的樂器演奏出的旋律接二連三響起，然後又漸漸消逝。

這不是真正的樂器演奏聲，肯定是播放出來的。音樂的錄音狀態也稱不上最佳，就算撇開這裡是水下，音質也實在不怎麼精緻。

忽然我回過神才發覺——

在我視線聚焦前方，有一道淡淡水藍色、很小很小的光芒在水中優游，好像正在和水中的氣泡玩耍一樣。那道光看起來無拘無束，好像玩得很開心似的。

（那……個是……）

就這樣，接下來傳入耳中的是一連串陌生的言語。每一段都很簡短，就像在打招呼一樣。

聽著聽著，我覺得當中好像有幾句話以前曾經聽過。

我的意識又漸漸模糊——在我緩緩眨眼之後，他就在眼前。

——那是一個金色光輝的小孩子。

一個小男生輕飄飄地漂浮在水中，金色的頭髮帶著淡淡的燐光。

他的舉止模樣看起來令人難以相信這是現實，但不知為何我卻一點都不覺得奇怪。

（……從……者嗎？）

我也能告訴自己，這是逐漸模糊的意識營造出的幻影、是缺氧的腦部在極度痛苦下顯現出來的幻覺。

可是此時卻有一股難以言喻的火熱期待在我的內心裡翻騰。

他張開口。

「I ask you—」

從他口中吐出發音不太標準的英文。

他在呼喚我，只對著我說話。

「Are you worthy being my master?」

我完全不明白到底發生了什麼事。

我只知道屬於我的戰爭就從今晚開始。

《聖杯戰爭》開始了。

這件事實超越所有的一切，深深刺在我的心上。

我試圖想要對他伸出我那早已沒了感覺的指尖——

下一秒鐘——

一隻強悍的鉤爪再度把我撈回水面上的世界。

＊

之後過了幾分鐘。

我橫躺在港口的水泥地上咳了又咳，把水吐出來。

某個半跪在我身邊的人，伸手輕撫著我的背。

「啊——妳醒了嗎？已經清醒了吧？」

那個照顧我的人把臉湊過來看著我，然後毫不客氣地在我耳邊咆哮起來。

「繪里小子！妳這傢伙，搞什麼花樣!?我當真宰了妳喔！」

就是這個女孩。她是我為數不多的朋友之一，剛才老師也提到過她的名字。

「……原來是妳啊，卡琳。」

我突然覺得不舒服起來，鼻腔深處一股刺痛。

「嗚噗……卡琳，妳該不會……對我做了人工呼吸吧……？」

「誰要和妳嘴對嘴啊！笨蛋繪里!!」

「妳好吵。」

「啊，不是啦。我是有稍微考慮過。可是小紅她說妳不會有事……」

原來是這樣。

「原來……是紅葉小姐救了我啊……真是謝謝了。」

她搖了搖巨大的身子來代替口頭上的回答。

把我從水裡拉起來的是馬賽克市當中論相貌奇異最首屈一指的居民。

真要形容的話，就像是一頭長著大角的恐龍。

她就是奉卡琳為主的從者。
——狂戰士〝鬼女紅葉〞。
卡琳把她的別名「紅葉」縮短，稱她為小紅。
老實說就算知道她的真名，這個名字的形象也很難和她的外貌連結在一起，可是這無損她真正的價值所在。
「給我等一下!?救妳的人是我吧！是我拜託小紅去救妳的耶！妳應該已經拿到任務成功的報酬了吧？別忘記要請我吃章魚燒喔！」
「為什麼要請妳，如果是請紅葉小姐的話，我當然很樂意。」
「什麼——？」
卡琳完全不打算閉上她那張喋喋不休的嘴巴。
我有些厭煩地翻了個身，想要坐起來。
紅葉把我按住，要我暫時別動。
那隻看似凶惡的利爪完全看不出來竟然能做出動作如此輕巧的碰觸，可是也帶著不容人爭辯的強制意味。
「……嗚……」
就在我想要扭動橫躺著的身軀，一股劇痛貫穿我的側腹，讓我痛得說不出話來。

這也是理所當然，幾分鐘之前我才剛被長槍刺穿腹部而已。雖然那柄槍早已經消失，可是卻在我的側腹上清楚留下證據。

「妳看吧。就照小紅說的，快躺下。肚子開了這麼一個大洞，妳還想去哪裡。要是沒有小紅的治療魔術，妳早就已經翹辮子了。」

「……嗚……這樣啊。」

新陳代謝漸漸加速，一股熱度緩緩在我的側腹部散開。紅葉小姐的職階雖然是狂戰士，可是竟然懂得如何使用治療魔術。

鬼女紅葉——姑且不管卡琳這個御主是怎麼想的，我一直都很信任她的能力。先前也已經有好幾次在意想不到的情況下獲得她的協助。

「真是不簡單啊……紅葉小姐，真有兩把刷子。」

「什麼兩把刷子，她有的是兩隻爪子好嗎，笨蛋繪里。我之前不是一直告訴妳，如果有什麼重要的大案子一定要叫我嗎？」

卡琳還是抱怨個沒完，後來重重嘆了一口氣。

「不過至少妳撿回了一條命，也算是老天保佑吧。」

「……妳說得沒錯。」

卡琳右手的手背上還可以看得出她的《令咒》痕跡。在平時這道令咒變透明，從外觀上看起來和一般人沒兩樣，可是因為剛才使用治癒魔術的關係，現在她的令咒是呈現激發狀態。

令咒**大部分的筆畫**都已經用掉了，要**復元可能得花上幾天的時間**。

（啊……）

我現在才發現，鋪在我身子底下的衣服是卡琳的襯衫。襯衫已經完全溼透，而且還染上了鮮血，滲染的血跡比想像中還小片。身上雖然痛得厲害，但出血確實已經止住，傷口也已經長出一層薄薄的肉芽。

「卡琳，這是……」

「還好啦。」

卡琳從她帶來的手提包裡拿出醫療用的無菌ＯＫ繃，微微笑了笑。

「…………」

看來我現在好像比自己想像的更虛弱。

竟然會想對她吐露內心的喪氣話。

紅葉沒有加入我們的對話，在使用治療魔術的同時，好像還在注意四周的情況。

雖然已經過了一段時間，但港口周邊似乎沒有其他異狀發生。

我的直覺告訴我，昆德麗已經遁去，離開這座城市了。

她人雖然走了，卻還留下謎團。我謹記在心頭，當作之後必須要調查清楚的事項。

——驀然，我開口向卡琳問道。

「……妳怎麼知道這裡的？」

「那還用說嗎，當然是從妳的**老師**口中問出來的啊。誰叫某人一直都不接電話，妳說是嗎？嗯？」

無言的卡琳在我的瀏海上輕輕一點。

「喔，原來如此……」

原來這就是為什麼老師剛才會多加那麼一句令人遐想的話。

她判斷可以指引卡琳到現場，讓她來助我一臂之力。而這正意味著她還沒辦法百分之百信任我。

（……我也確實出了岔子，她才無法全盤信任我……）

我懊惱地咬緊牙關，就這麼躺著用手臂遮住眼睛。

到底什麼時候才能獲得他人的認同能夠獨當一面，到底什麼時候才能在《秋葉原》以外的地方也能接到工作。

卡琳沒有理會我的沮喪，這次輪她開口問我：

「對了，繪里里。有件事我想問妳。」

卡琳手指著紅葉背後，我順著轉過頭看去。

「——這孩子是怎麼樣，是誰家的小男生？他應該是從者沒錯吧？」

「……嗄？」

我心裡一跳。

我的預感原來不是什麼幻覺。

那名〝少年〞就在眼前。

他那充滿神祕的光輝如今已經消失，現在也和我一樣變成慘兮兮的落湯雞。

少年對紅葉的尾巴非常好奇，靠近過去。因為貼得太近，被尾巴甩向左又甩向右。看起來和抓著父母尾巴玩的幼貓沒什麼兩樣。

紅葉的尾巴沒有真的用力甩，但看了還是令人擔心。

「我說妳啊，繪里里……他是妳工作上要應付的對象嗎？」

卡琳小心翼翼，不落痕跡地問道。

從者的能力高低不能用外貌判斷，但就算這樣，眼前這小男生未免也太……

「怎麼辦……要動手嗎？還是要照老規矩動手？」

「啊……」

她這麼一問，我也不知道該怎麼辦。

「其實我也不知道該怎麼辦才好，我剛剛才在這裡遇見他而已。」

——你的職階是什麼？住在哪裡？御主是誰？

接連問他幾個問題，他都只是曖昧地搖搖頭而已。

「什麼……那他是無主的流浪從者囉？」

「應該……是吧。」

我的身體狀況慢慢復原，現在總算能夠撐起上半身，低頭看了看。

自己的手背上依舊沒有出現《令咒》。

打從我出生一來，一直都是這樣。

KUSA..

■ 1

——從前曾經發生過一場大戰。

那是在我出生前的事情。

之後戰爭結束，世界又恢復和平。

如今無論是誰，所有人的心臟裡都各自有一個小小的〝聖杯〞。〝聖杯〞就代表自己命中註定的〝命運〞。任誰都能遵循聖杯之倚託，召喚自己命定的從者。

所謂的從者就是人類歷史上累積的情報資源。那些英靈放置在一處稱為〝英靈之座〞，超越時空的地方，藉由下載到我們世界的形式而獲得實體。

這個世界也徹底變了個樣。

《聖杯》以城市為單位重整人們居住的城鎮，讓城鎮重新脫胎換骨。

重整過的都市群通稱為〝馬賽克市〞。

我居住的臨海都市《秋葉原》也是其中一處。

海平面因為地球暖化的關係大幅上升，大海已經靠得離市區非常近。

神田川這個名稱也只是**戰前**留下的舊名而已，實際上是一條流向大海的運河。

整座城市都在《聖杯》的守護之下。

應該可以說所有市民沒有一天不在接受《聖杯》賜予的恩惠。

如果是像卡琳這樣在戰後才出生的年輕人，打從一出生心臟裡就有〝聖杯〞，就算是戰前存活下來的市民，在戰爭結束之後沒多久也有機會能夠得到〝聖杯〞。

〝聖杯〞為市民帶來不死的生命。原本舊世界最主要的死因——衰老、基因劣化、傳染病、病毒、惡性腫瘤等等生物學層面的疾病都已經克服了。

只要耗用《令咒》，甚至連肉體的生理年齡都可以調整。

換句話說，人類最終極的宿願之一〝不老不死〞在這時候終於實現了。

——可是我卻不同。

唯獨我被排除在外。

我是所有市民當中，唯一一個無法持有〝聖杯〞的人。

雖然生在新世界，我卻要依照舊世界那不合理的自然循環，逐漸年老然後死去。

我是一個異類，打從出生就被《聖杯》放棄。

這就是我——宇津見繪里世。

我沒有聖杯，所以也沒有和從者締結契約成為搭檔。

有時候會有人很冒失地問我：「沒有聖杯是什麼感覺？」

雖然我很想一笑置之，告訴他就算講了你也不明白。但老師常常糾正我那樣是不對的。

如果想在這個新世界活下去，就要時時刻刻努力適應社會環境，不可以放鬆。

無可奈何之下，我會用這種方式來比喻。

「比方說你有近視眼，視力很差，可是卻有人告訴你不准戴眼鏡的話，你會有什麼感覺？」

「如果每個人都坐電車或是坐公車，可是卻有人叫你自己走路去的話，你會有什麼感覺？」

「假如你來到一個陌生的地方，手機的導航程式卻是不良劣貨，根本派不上用場。那時候你會有什麼感覺？」

最重要的是如果沒有與《聖杯》連接的《令咒》，你要怎麼活下去？

就算我費盡唇舌和他人解釋，但那些人對我的處境仍只有模糊的想像，最終也不會有什麼興趣去了解——那樣最好，毫無問題。

當中也有人真的了解我的狀況，用誇張的反應表示驚訝以及對我的同情。

還有人會很好心地把使用《令咒》的權利交出給我，告訴我說如果有什麼他能幫忙，儘管開口不用客氣。

甚至有人對我表現出過度的移情作用，當真想要代替我承受我的境遇（但是有個附加條件，必須隨時可以恢復原狀）。

每次遇到這種錯誤的好意，都會讓我體會到一件事。

我只不過是一種娛樂，能夠滿足他們的博愛情感或是暫時排遣無聊而已。

*

《秋葉原》的中層是立體式層疊的構造。

這一區跟鬧區有點距離，比較幽靜。

自然公園旁邊有一棟集合各種公共設施的大樓，當中其中一層就是我常去的**教室**。

我到達的時候已經比上課時間晚了一點，趕緊在座位上坐下。

學生各自分散坐在扇形的寬廣教室裡。

這裡和義務教育的學校不同，是以終生學習為目的、開放一般市民上課的知識講座。

聽講的成員與年齡各自不一，沒有哪一個學生是上課全勤，從沒缺課過。所以其實我的喜好和一般人也挺不一樣的。

他們都不知道昨晚那樁關於不死人的事件，這件事也不會上新聞。

好了──『舊人類史講座』。

這就是這堂講座課的名稱，很遺憾的是這堂課不能說多受學生歡迎。

上課內容與其說是專業知識，其實更像是個人興趣。

學習人類在過去的世界──戰爭發生前的世界完成的偉大事蹟，以及犯下的重大過錯。這就是舊人類史的主旨。

該怎麼形容呢？總之就是很不吸引人。

再說《秋葉原》可是馬賽克市當中首屈一指的度假都市，那些想要認真念書的學生或是希望讓孩子接受良好教育的家庭，打一開始就不會留在這裡，而是到其他城鎮去。

我猜想這裡應該完全是講座上擔任教師的**老師**，因為個人興趣而打造的空間。

（啊……那個小孩有來……）

我從平時常坐的後方座位往整間教室望一眼，那個孩子今天也有來上課。熟悉的嬌小背影坐在教室的最前排，正在專心聽講。

我在這堂講座從沒看過比我更年輕的學生，所以對那個小孩有點印象。那是一個年紀大約是小學高年級，皮膚白皙的嬌小孩子。

從他有時對講師發問的聲音與感覺來看，我想應該是個女孩子，但也不能確定。畢竟這座城市裡有形形色色的人在。

他的帽子戴得很深，用瀏海遮住眼睛，所以看不清楚長相。我們也從沒說過話，就連名字也不知道。

那孩子大概大概一個月來上課一次，有時候根本不來。出席率如此之低，可是聽課態度又這麼熱衷，讓人感覺有很大的落差感。

而最年少學生的紀錄則是在今天被刷新了。最新的紀錄保持人不是別人，正是我的同伴，我昨天撿回來的無主從者。講座上的新面孔就是那名金髮少年。

雖然他坐在座位上不吵不鬧，但老是搖晃身子，或是試著橫躺下來，好像想要舒舒服服地享受木頭椅子的觸感。

沒想到有時候他還會目不轉睛地看著我，然後在我使用平板電腦打擾我。

「你是貓咪嗎？」

「——貓、咪？」

「……真要比喻的話，你比較像是狗狗。頭髮又這麼鬆軟。」

「狗狗。」

「對，就是狗。汪汪。」

「我知道狗。」

「喔，你知道啊，那很好啊——啊啊啊啊？」

他靜靜地爬上椅面，兩手放在桌子上，突然就吠了起來。聲音大得很，而且絲毫不覺得害臊。

叫。

——嗚嗡，嗡嗡！嗚嗡！

逼真的長嚎聲以及可掬的笑容。

我沒能及時反應過來，一時還覺得他有點可愛。不對，我不能看著他繼續扮狗叫。

「喂，等等。你給我下來！」

饒了我吧。我本來還以為他至少不像卡琳那樣吵鬧，結果給我鬧出這種花樣。

所有學生都回過頭來看到底是怎麼回事。

「對不起，我會保持安靜。對不起。」

老師也中斷講課，覺得有些莫名其妙。

就連那個坐在最前排的小孩也看著這邊。凌厲的目光從瀏海裡射出來，甚至讓我感覺好像有一股殺氣。這也難怪，上課上到一半有人這樣胡鬧，任誰都會生氣。

（是，我深感羞恥……唉，搞什麼……）

再說了，我根本不知道要怎麼帶年紀這麼小的小孩子。

話雖如此……總不能把他一個人丟在房間裡不管，而且如果把他帶來這個講座課程，說不定可以了解什麼事。

「英文的狗叫聲不是 Bow-wow 嗎？」

「吧嗚哇嗚。」

「一點都不像。啊，算了。不用再玩模仿秀了啦。」

（唉……看來今天的課程根本沒辦法好好聽講了……）

我用手托腮，獨自生悶氣。

一邊瞥眼看著一臉若無其事的少年，我一邊回想起昨晚接受的洗禮。

*

昨晚的事情。

就是卡琳在港口與紅葉把我從水底救上岸之後的事情。

從結果來說，我把這個來路不明的少年帶回自己的房間，讓他住了一晚。

目前我已經離開祖母的身邊，過著獨居的生活。

我住的地方位於《秋葉原》的一個小角落，沒什麼人居住，也幾乎沒有人會靠近的地方。

在大戰之前，這一帶原本都是一棟又一棟的住商混合大樓，裡面擠滿了各式各樣的租賃店鋪。可是自從《聖杯》進行大規模重整之後，這裡就成了廢棄大樓。

我住的房間就是這棟廢棄大樓的其中一間。

室內裝潢採用維多利亞風格，地上整面鋪設木質地板，復古的裝飾品也原原本本保留下來。

這裡原本好像是一家餐飲店，提供一種叫做『女僕咖啡』的詭異服務。

格局雖然不適合居住，但是有臥室也有浴室，一個人在這裡住下去的話倒是綽綽有餘，而且還有一個小小的陽臺。從臥室的的窗子還可以望見一片勉強掠過周遭建築物的狹長海面。

我幾乎從沒請誰來到自己的小窩。因為工作的關係，要是隨便讓他人知道住處在哪裡，對我來說風險太大。

即便有這種風險，但我還是把少年帶回來，主要是因為我沒辦法置之不理。總不能放一個不曉得契約人是誰的從者在街上任意遊蕩。

這名從者用稚子的外貌顯現，反而加深了我的戒心。

在過去經手的一件工作，我曾經因為被對象的外貌所惑而鬆懈，因此造成慘痛的失敗。

那名少年從者清純善良，就像雕塑成純白雕刻一樣，我深信他肯定是一個如同天使般的少年，但誰知他的內心卻暗藏著深不可測的可怕黑暗。

Avenger〝路易十七〞——以那個怪物為核心所爆發的事件，最後導致悽慘無比的結果，有許多人因此犧牲，當中還包括他的契約主。

事發當時我還像個小孩子一樣，和他的身形也很相仿。我甚至以為自己和他結為好友。誰知我的友情、我的善意全都遭到他的利用與背叛。那次事件我終生都不可能忘記。

之所以把這個無主的少年從者帶回來，也是有另一個理由，就某種方面來說也算是萬不得已。

因為我實在已經無法忍受了。

我很想盡快把我們兩人身上沾染的難忍惡臭洗掉。

原因是當我從神田川被拉上岸的時候，不巧正好浸泡到岸邊的大片油漬。那是停泊船隻漏出來的廢油。

剛被拉上岸的時候還無暇他顧，可是當我注意到的時候，這種不舒服的感覺真是令人難以忍受。光是用水沖或是用紙巾擦，是沒辦法去除掉這股臭味的。

不光是惡臭，我自己也是重傷在身，沒那麼容易恢復。就在我踏著搖擺不穩的腳步想回家的時候，卡琳出於擔心把我拉住。我向卡琳說明自己家裡那些咒具的事情之後，她才在港口目送我離開。她在這一點倒是挺乾脆的。

其實我也試著用比較不著痕跡的方式反過來邀她到我家過夜，可是她只是用很隨便的口氣說在這附近有地方可以住一晚，婉拒了我的邀請。卡琳的交友關係也挺神祕的。後來她也只是苦笑著說，要是隔夜才回家的話，家裡可是會罵人的。

總而言之，當我總算回到自己的房間，這才覺得好像重回人世一般。

當我正想在燈光底下好好調查那個少年的身分的時候——

「等一下，你等等啊。別自己跑進房間裡去，先在這裡站一下。」

我抓住少年溼答答的領巾硬把他拉回來，少年明顯地繃起臉來。

「啊——對不起。」

照這樣來看他具有感情，而且也有表達感情的意志。這樣就好辦了。

我們兩人彼此都是落湯雞模樣，怎麼看怎麼好笑。而且因為油汙的關係，還渾身油亮油亮。

我身上原本就穿著平時當作便服的機能性泳衣，外面還穿著一件防風外套，所以情況還不算太糟。那個少年可就悽慘了。

不久前水中那番充滿幻想的光景回憶迅速遠去。

（好吧……）

我重新打起精神，在玄關門口半跪下來，重新把少年全身上下仔細檢視一番。

——看起來大約八、九歲左右。

他是一名白人，具有北歐人膚色淺的特徵。不過從者本身就是概念與基因的混合體，看從者是什麼人種在許多情況之下都是沒什麼意義的。

那一頭從沒修剪過的金髮顏色很淡，接近白色。

圍繞在他脖子上的領巾因為沾溼而拖在身上。還是說那應該是厚圍巾？算了，不追究。那塊布料的質地很奇怪，具有光澤，說不出來到底是金屬還是編織細密的紡織物。

身上的衣服應該是棉質，設計款式非常簡樸，感覺很像希臘的束腰罩衫。全身上下只有在胸口有一處刺繡，這幅刺繡模樣應該會是重要的線索。

腰帶與鞋子的質地都與領巾相同，鞋子的腳跟部分有著奇特的裝飾，形狀就像是腳後跟突起的騎馬用馬刺。如果用這種解釋方式直接判斷的話，這個少年的背景經歷說不定屬於〝騎士〞類型。只不過到目前我感覺不出來他身上有任何騎士的印象，一點都沒有。

（他和我所知的 Saber 或 Rider 之類職階的從者完全不同）

就在我詳細觀察的當下，少年那雙淡藍色的眼眸也始終帶著疑問回望著我。

我心中突然湧起一股好奇心，衝口而出。

「……欸，你是從哪裡來的？」

少年輕輕舉起一隻手臂，指向天花板。

「──天空？天國？該不會是月亮吧？」

不管我怎麼猜，少年都只是搖頭。

「我……來自一個非常遠的地方。」

「所有從者都是來自非常遠的地方啊。」

「……這樣啊。」

他笑逐顏開，嘻嘻笑著。真不知道什麼事這麼好笑。

知道這名少年竟然可以正常與人對話，讓我鬆了一口氣。只不過他講起話來完全不著重點罷了。

他最初講的話語雖然只有片段的英語，但是當我和卡琳在對話的時候，他有在注意聽。由此判斷他應該聽得懂我們這裡的話語。

如果是經由正式途徑召喚來的從者，《聖杯》應該會提供最低限度的現代常識以及溝通上需要的語言，當作基礎知識才對。不過要打探真名的時候，這一點也會使得從者的真實身分更加混淆難辨。

我一邊問一邊拿出剪刀，謹慎小心地從他衣服布料上剪下五毫米左右的毛線，然後放進採樣用的夾鍊袋裡。

「也可以跟你要一根頭髮嗎？」

好像ＯＫ。少年沒有抗拒，一邊乖乖讓我剪頭髮，一邊這麼開口問道：

「妳這小子也是從很遠的地方來的嗎？」

「別叫我『妳這小子』，這是在模仿卡琳嗎？聽好囉，我不叫〝繪里小子〞，也不是〝繪里里〞。我是繪里世──宇津見繪里世。」

「……………喔。」

也不知道少年到底有沒有聽懂，他又直直盯著我看。

雖然聊起來有一搭沒一搭，但我心想說說話也許就有機會可以找到一些情報，所以又繼續和他對話。

「我也不是從多遠的地方來的。我在《新宿》出生，今年十四歲。還算是國中生，可是現在幾乎沒有去學校了。」

「學校是什麼？」

「學校就是……念書學習的地方啊，很多小孩子聚集到一個地方，至少我聽說大戰之前是這樣子。現在已經改變不少了。」

「妳不去學校嗎？」

「……我不是說我叫繪里世嗎？我不用去。我已經通過學力評測，而且也利用課外講座取得所有必要的學分了。如果哪天要定期健康檢查，那天我也會去。」

「妳不想去學校對吧？」

「……唔……」

這小子還挺麻煩的，專對人家不好開口的事情打破砂鍋問到底。

「也不是不想去……因為我還有更重要的……工作要做。」

「妳只有一個人啊。」

少年稍微側著頭，又露出微笑。

「那妳和我一樣耶。」

「…………」

我一邊忍著內心的煩躁，一邊操作平板電腦。

就算上網搜尋他胸前的刺繡標誌，也沒找到任何看起來有幫助的東西。為求謹慎，我還登入都市情報網去看看，也沒看到任何協尋失蹤從者的申請啟示。這種啟示一年也沒幾件。

雖然也可以從老師那裡打聽到一些不公開給一般市民的情報。可是我瞞著老師自作主張，放昆德麗活著離開，現在也不能隨隨便便去尋求老師的幫助。

不過關於這個少年的真實身分，我還是想到一個推測。

基於這項推測，明知問不出來，我還是試著開口直接問道：

「對了，你是什麼職階的從者？」

「………？」

少年歪著腦袋，一臉不可思議的表情。

他打算蒙混過去嗎？可是他的態度看起來不像在演戲作假，感覺好像不明白從者是什麼意思。從者不懂得什麼是從者，這世上有這種事嗎？

「我在問你的真名是什麼。如果你是外號比較廣為人知的話，那告訴我外號也可以。」

不隨便說出真名，這一點已經是大戰之前從者的一貫作風了。

如今則是一變成為個人隱私的問題。

從者本身既然要在馬賽克市生活下去，自然也有一些身分經歷是不希望讓人知道的。依照從者和御主之間的關係好壞，要不要表明真名也就有各自的判斷了。

如果那個我還沒見過的御主不希望少年說出真名的話，他當然是不會開口了。若是無主從者的話，那更是如此。

「我是說你叫什麼名字？名字。」

「——名字。」

「對，就是名字。」

「妳不知道嗎？」

「……嗄……？你說我嗎？我的名字？」

現在問問題的人是我耶。

不曉得該怎麼說，我有一種感覺，要是讓這個不知世事的少年繼續說下去的話，到時候個人情報被一條一條列出來的反而會是自己。

少年低聲說道。

「——我啊，忘了一些事情。」

「……忘了事情？什麼事情忘了？」

「不知道。」

我嘆了一口氣，突然一股惡臭又衝入鼻內。

「……恐怕是記憶障礙吧，從者剛召喚出來之後好像也會有這種情況……那也沒辦法，我再也受不了了，來淋個浴吧。你可以用我家的浴室，先去沖一沖。」

「淋雨？」

「淋浴，要你去洗澡啦。」

「洗澡？」

「……你不知道什麼是洗澡嗎？難道淋浴和洗澡是什麼意思你都不知道？你從來沒有用水洗過身子嗎？」

少年點點頭。

令人驚訝的是他好像從來沒有洗過澡。就算沒洗過澡，基於基本常識應該也要知道洗澡是什麼吧？

《聖杯》，拜託別偷懶好嗎？

＊

從我剛入住這裡的時候，浴室就已經打造得很漂亮了。

浴室這裡的內部裝潢走的是法國風，而且也夠寬敞，兩個人一起洗綽綽有餘。而浴室裡最惹人注目的主角，自然就是那個外國電影裡常常看到的鑄鐵琺瑯材質的淺底浴缸。

順帶一提，臥室同樣也是可愛風，這就是我之所以選擇這間房子的原因。一間開在住商混合大樓裡的餐飲店鋪，這些裝潢未免太過豪華。不曉得是不是前老闆有超乎異常的講究……或者是因為平時有一些齷齪的用途，所以才打造這些設施？恐怕是後者吧。

原本以為用途是什麼也和我無關，反正就心懷感激地拿來用了。結果現在卻發生這種事態。

又給卡琳多了一個話題可以拿來糗我了。

總之我做好心理準備，拉著少年的手往浴室走去。

少年到現在好像還不知道洗澡應該要做什麼，還在拖拖拉拉的。我伸手把少年的衣服脫下來，讓他待在更衣室。

然後在浴缸裡放水，然後自己也把髒衣服脫下來扔掉。

對方年紀還這麼小，只是一個小孩而已，有什麼好不好意思的。沒有，當然沒有。

就算他的內心其實是一個中年大叔，那就到時候再說吧。

「泳裝好像得先放在水裡泡一泡才行……好痛……」

只要身子一扭就傳來一股劇痛。

我已經重新把腹部的傷口做過急救處理，用防水的醫療貼布蓋住了。傷口此時正在加速恢復中，手一摸還挺熱的。要是依照過去的醫療技術，這麼嚴重的傷勢肯定會引發出血性休克以及急性腹膜炎。可是現在這個世界早就已經克服死亡，多的是方法可以應付各種傷勢或是意外狀況。因為戰爭所培養出來的諸多技術，如今我也承蒙其惠。

「……妳很痛啊。」

「還好啦。」

少年的視線被我的傷痕吸引過去，皺了皺眉。

「真討厭，被**荊棘**刺到的話，身上就會破洞。」

「……是啊。」

他在擔心我身上會不會有傷口留下來嗎？要是這樣的話，倒是挺紳士的嘛。

「可是紅葉小姐已經幫我治療過，再過一陣子就會好了。」

另一方面，我則是重新仔細觀察他的裸體。這樣的觀察是調查行為的一環，絕對需要而且也是絕對合法安全。

「…………」

他果然是男孩子啊。嗯。

把一身惡臭的肇因仔仔細細清洗乾淨之後，這才終於可以進浴缸裡泡澡。還把那個一有機會就想躲開淋浴水的少年一起拖進來。

「好燙。」

「洗澡就是要燙一點才舒服啊。要是一般的從者，每個人都把洗澡當成興趣喔。大家都很喜歡洗澡，還有人的寶具是浴室呢。名字叫做卡拉卡拉浴場，那可是大得不得了——」

「我想出去了。」

少年雖然老大不高興，可是表現出來的態度還算溫順聽話。

（身上沒看到什麼舊傷口……肌肉量與體重也和一般小孩沒什麼兩樣……）

完全不像是哪一位騎士年幼時的模樣。

他不知道什麼是洗澡，這件事讓我第一個想到的就是虐待。像這種身家背景極為不幸的英靈不勝枚舉。可是從外觀上來看，一點都看不出來他遭受過虐待。

我下定決心，要確認我另一個從不同角度推測、現在愈來愈確信的想法。

我把身子探出浴缸。

浴室鏡子因為蒸氣已經一片朦朧，我把鏡面當作畫布，用指尖畫了一張〝帽子〞的圖。

那是相當簡單的側面圖。一頂有著寬帽簷、帽子頂端有些凹陷的舊式男性用帽。

「欸，你看。你覺得這張圖像什麼……？」

我戰戰兢兢地向少年問道，緊張得好像心臟都快要跳出來了。

少年只看了鏡面畫布一眼，回答說：

「這張圖……就是一條蛇啊。」

……！一瞬間，我連想說的話都忘了。

「——牠的肚子裡好像吞了什麼很大的東西。」

他一語說中我的問題。

「不曉得是什麼……看起來好可怕。」

少年身子一顫，頭髮上的水珠落了下來，然後便移開視線。沒想到他會有這麼強烈的反應。

我立刻把鏡子上的圖抹掉，順便不自覺地伸手摸了摸他的頭，想要安撫他的恐懼。少年濡溼頭髮的柔滑觸感以及體溫從我的掌心傳過來。

「……那『B612』呢？這個詞也念做 Bésixdouze。」

「嗯。」

少年點頭應道，絲毫沒有一點猶豫。

「……你知道那是什麼嗎？」

「是一顆星星啊。可是那裡現在一個人都沒有喔。」

「…………」

沒錯，是星星。就是星星。

「這樣啊……已經沒有人了嗎？可是我覺得……好像知道你的真名了。」

宇宙中有一顆小行星圍繞著太陽系旋轉，那顆星就是『B612』。這顆星星是由日本人發現的，可是除此之外也沒有其他特別之處，應該算不上是《聖杯》會賦予從者的基本常識。

那個小行星的名稱是按照某一本國外小說命名的。

書名叫做《小王子》。

內心一股衝動讓我緊緊抱住他。

在浴缸當中，我的雙手從背後環抱住他的纖細肩膀，緊緊抱住他。

小心翼翼別弄壞他、傷害到他──

「如果……你是我的從者……那該有多好……」

……少年什麼反應都沒有。

在進浴缸之前，我一邊擦洗身子，一邊上下左右仔細檢視過一遍。

我拚命找，想看看與從者締結契約的證明《令咒》有沒有出現在身上的某處。

我用鏡子睜大眼睛看了好幾遍，就連半透明的醫療貼布底下、背上與腳底都看過了。可是……到處都找不到《令咒》的存在。

那就代表我並沒有成為任何從者的御主。

自然不會是經由《聖杯》與少年締結契約的御主。

就如同往常一樣，我依然只是一個死神而已。

＊

──那我先前的預感上哪兒去了？

那股震撼心靈，讓我預感好像有什麼事物將會改變我的日常生活的感覺究竟是怎麼一回事？

到頭來那只是錯覺而已。

洗完澡之後——

咖啡店原本使用的桃心木桌子，現在直接變成我家的客廳兼餐桌。

他坐在椅子上，正在吃著微波爐加熱過的冷凍食品千層麵。

我則是頭上圍著毛巾，一張臉紅得像是義大利麵肉醬或是番茄一樣，一邊把今天發生的事件記錄在手上拿著的平板電腦裡。

我覺得很想挖個洞鑽進去。

我竟然光溜溜地抱住一個年幼少年，說出那種聽起來就像是告白一般的話語，而且眼角還泛著淚光。

至於少年他呢，結果他過了好一陣子之後，也只是皺著眉頭低聲抱怨一句『好熱』而已。

「……那個好吃嗎？」

「吃起來有味道。」

「這樣啊……有味道是嗎？」

我把剛才採到的樣本放在桌上。

夾鍊袋中的東西都已經**消失無蹤**了，就如同我原本料想一般。

從他身上剪下來的毛髮與衣料不再是原本模擬物質的形態，早已還原成他的魔力了。

也就是說，他的肉體與基本服裝全都是由魔力塑造而成的。這就是他身為從者的最有力證據之一。

……可是更簡單易懂的證據這時候就擺在眼前。

少年原本留在更衣室的衣服明明還沒動過，此時卻早已恢復乾燥又乾淨的狀態了。

圍在他脖子上的領巾無視物理法則，輕飄飄地浮了起來。就連他在用餐的時候，領巾也像是受風吹拂一般輕搖擺盪。不消說，室內裡根本沒有風。

（總不會是撒哈拉沙漠的薩姆風吧……）

夜更深了，我勉強對抗著沉重的疲勞與睡意，眼睛看著平板電腦。

我回想起先前和漂泊荷蘭人・亨德里克船長說過的一段簡短對話。

他給我的忠告字字句句都沉重地壓在我的心頭上。

在我們得知敵人是瘋女昆德麗之前，〝船長〞原本一直採取不做任何干涉的態度。唯獨那時候，他曾經對我的做法表達過意見。

他是受到大海惡魔詛咒的從者。

而我的際遇也和他相似。

沒錯——**我也被一群惡靈纏身，遭受詛咒**。

沒有〝聖杯〞保護的我根本就是任人掠食的供品。

可是正因為如此，我才能勉強繼續從事這份**工作**直到現在。

我還天真地誤以為因為自己和〝船長〞都是身懷詛咒的人，或許彼此互有共鳴，可以好好相處也說不定。可是他卻看穿我自我感覺良好的期待，狠狠讓我吃了閉門羹。

「妳自詡是這座城市的法律，在內心裡對處罰從者這件事感到喜悅。妳認為自己把惡靈踩在腳下予取予求，但不知道反而是妳自己被利用了。」

他是這麼說的……

他是繞著圈子在告訴我：妳正沉醉在執行正義的感覺當中，過去妳一直相信的尊嚴其實只是自以為是而已。

「——繪里世，總有一天妳會把巨大的邪惡吸引過來。到時候妳就會被迫屈服於過去一直仰賴的事物。」

我當然無法接受這番話，感覺深受侮辱，還搬出一套道理來反駁〃船長〃。可是如今……我承認那只是強詞奪理而已。

現在我已經想通了。他的逆耳忠言不是想要倚老賣老，教訓不懂事的年輕人，而是對自身的深切告誡。

〃船長〃與契約者亞哈蘇魯斯之間雖是主從卻彼此對等的態度，比千言萬語更能表現出他的誠意。

＊

「繪里世小姐。」

老師以溫婉的口吻告誡有些漫不經心的我。

「妳好像有點累了，要不要去休息室睡一下？我會把課程內容整理好，讓妳之後可以參照著看。」

「……唔……」

真是丟臉，剛才遲到進來，這已經是我第二次出糗了。
看到我拚命搖頭，老師頷首，然後若無其事地繼續講課。

——卡蓮・藤村。
她在這堂講座擔任講師，也就是我的**老師**。
打從我懂事以來，就已經和她有往來了。
她的**外貌**看起來大約在廿五歲到三十歲之間。淡琥珀色的眼眸配上一頭及腰的淺色波浪捲髮。
身形雖然纖細，但具有拉丁系人種特有的豐潤勻稱。
最重要的一點……就是她那旁人難以望其項背的時尚風格。
今天她的服裝還是那樣帥氣，老師的時尚品味真是太棒了。
……雖然我時常有這樣的感受，可是每當我向別人說起老師的穿搭有多棒的時候，不管是卡琳或是其他人總是對我報以苦笑。
他們不了解也無妨，老師的帥勁只有我一個人懂就好了。
「………？」
在我身旁安靜了好一陣子的少年注視著向我說話的老師，然後把視線轉向我身上制服的裙子，又看向自己穿的褲子。一輪比較之後，低聲喃喃說道：

「那個人她沒穿耶。」

「你安靜。」

老師真是帥爆了。

我之所以稱呼卡蓮‧藤村為老師，不是因為她是這堂講座課程的教師。也不是因為我的穿搭風格是以她為參考。

在各種意義層面上，老師都不是人。這也並非意味著她是戰後誕生的新人類。她是人工智能，也就是〝ＡＩ〞。

她是掌管《秋葉原》這座城市的都市管理ＡＩ。因為《聖杯》沒有辦法直接與市民溝通，人形終端便應運而生。

她便是把類似英靈降靈的召喚術與最高科技情報工學技術相互融合，是這座城市最有價值的混合式智能體。

——藤村老師的舊人類史課程繼續進行。

今天的課程是關於〝航海家〞的歷史以及那些人的人物背景。

講述那些乘坐構造簡單的木造船隻遠渡外海，開拓未知世界的冒險家。那些踏上遙遠新世界，或者重新找到新發現，串聯航路、連接起文明動脈的探險家的故事。

從歐洲來到格陵蘭進行殖民開發的〝紅髮艾瑞克〞。以及紅髮艾瑞克的兒子，一路到達北美洲的東北部，他們稱之為〝文蘭〞之地的〝萊夫・艾瑞克〞。

還有搭乘與木筏相去無幾的獨木舟，橫跨南太平洋諸多島嶼，有時候還會被洋流帶著漂流幾千公里的波里尼西亞人的祖先。

不放棄夢想，搭乘那艘赫赫有名的船隻聖瑪莉亞號來到西方大海的彼端，直達世界盡頭而再次發現新世界的征服者〝克里斯多福・哥倫布〞。

越過好望角，開拓往印度航線的〝瓦斯科・達・伽馬〞。說到好望角，那裡位於非洲大陸的最南端，是大航海時代海上最大的危險海域。亨德里克船長的荷蘭船就是在此遇難而成為幽靈船。

接著是〝斐迪南・麥哲倫〞，他的艦隊環繞世界一周。雖然他自己在半路上不幸身亡，但因為他的偉大航行，使得人們明確宣布這個世界不是平面，而是一個圓球。人們終於知道我們所在的大地也和月亮或是火星一樣，都是在同一片天空中運行的其中一顆星星。

——最後終於輪到以一己之力成功環繞世界的海盜〝法蘭西斯・德瑞克〞登場了！

啊，勇往無懼的金鹿號！

我一邊專心聽講，腦海裡描繪出無邊無際的大海，內心的興奮達到最高潮。

德瑞克同時也是一名海軍中將，率軍打敗西班牙的無敵艦隊。我曾經聽與他生活在同時代的從者說過，謠傳德瑞克其實是一名豪邁不讓鬚眉的巾幗豪傑。

擊落太陽的英雄實際上應該是擊落太陽的英雌。

真是令人難以置信。也有其他從者否認這個說法：不，那個傳聞根本就是空穴來風啊，小姑娘。德瑞克的確是如假包換的男兒身。

實際上只要是英靈，多少都會有一些傳聞八卦。有些時代對性別不甚重視，但相反地也有一些時代女性因為性別的關係遭到輕視，為了成就功業，只好不得不女扮男裝。就是這種混亂的情況讓歷史紀錄更加模糊難辨。

就算德瑞克真是女性，她的輝煌事蹟也不會因此而蒙塵。

充實的時光也接近尾聲，雖然我也不是整段課程都很專心聽講就是了。

「最後我要簡單介紹的人是一名美國人，他只留下了一小步，可是那一小步卻比任何人踩得都更遙遠。」

螢幕配合藤村老師的講解換了一個畫面。

那是一個對比非常強烈的世界。

灰色的岩屑海、真空的宇宙空間。

一個穿著太空衣的人在登月小艇的影子中爬下梯子，站在月球表面。

「這就是人類史上第一個踏上月球表面的人，他也可以算是人類歷史上最具代表性的〝航海家〞吧。」

「……什麼……」

我聽到傳來一陣滿是驚訝，但並非感嘆的呼聲。

「人類上月亮……？這怎麼可能，是活生生的人嗎？」

發出驚呼的就是那個坐在最前排的女生。

「沒錯，那是距今五十六年前的事。有三名太空人飛往月球，其中有兩個人踏上了月球表面。」

「半世紀之前？可是那時候應該沒有足夠精密的控制裝置能夠計算軌道啊!?」

「有喔。」

另一張紀錄影像又放上螢幕。

畫面上是一個沉甸甸，好像有幾十公斤重的黃銅色盒子與一個小小的鍵盤。

老師解說這就是阿波羅號太空船的導航電腦。

「單核心8位元。當時登陸艇上已經裝載了非常完備而且優異的電腦了。與各位同學手上的智慧手機比起來，這臺電腦的計算速度最多不到一萬分之一。可是它還是以自動駕駛的方式引導登月艇。而且在登月之前，導航系統還曾經因為人為疏失發生故障，關機重開過。」

「…………」

藤村老師看起來好像很得意。

不過她的表情變化非常細微，恐怕也只有我才看得出來。

電腦裝置在人類歷史重要的一刻做出貢獻，她身為ＡＩ也與有榮焉嗎？

（不對不對，完全不是那樣……）

她是看到那個小女生接觸到未知的知識而大為震驚，覺得很有趣而已。那是在內心竊喜。

那個少女雖然表情憤憤不平，但往前挺出的身子還是坐回座位上。

「真是豈有此理，太魯莽了。」

「是啊，當真是很魯莽的嘗試。也曾經有人為此付出寶貴的性命。」

「既然如此，那就更不可能了啊！」

畫面中圓滾滾的太空人正在享受無重力世界，蹦蹦跳跳地進行月球漫步，彷彿在嘲笑半世紀之後的我們真是想太多了。

而且那個太空人還一邊走，一邊哼著十足流里流氣的輕快曲子。

「他還真是放鬆呢。其實隔著一件太空衣，外面的世界可是無氣壓的真空狀態，溫度高達攝氏一百一十度的地獄。」

老師看著畫面中的太空人們，感到十分佩服，一邊微笑著說道。

駕駛月球車的技術也很粗暴，感覺好像在開遊樂園裡的碰碰車一樣。

那個女孩雙眼發直看著畫面，整個人好像都呆掉了。

「……噗……呵呵……」

我終於忍不住笑出聲來。

女孩的肩膀抖了一下。糟糕，我在不該笑的時候發笑了。

關於〝航海家〞的篇章最後是這樣作結的。

大海彼端的新世界、遙遠的天邊以及深邃無邊的宇宙。過去人類一次又一次開拓未知的空間。可是自從把那些開朗的混混送上月球表面之後，人類再也沒有機會前往比月球更遙遠的地方。

阿波羅號太空船那時候，人們描繪出壯闊的夢想，想要開拓宇宙。可是如今夢想依然還只是夢想而已。

無論是火星、金星或是遠離太陽系的外宇宙，都仍是人類足跡未到之地。

人類是不是失去了什麼寶貴的事物呢？

未來是否還會有人有資格成為開拓邊境最前線的英雄，引領人們再度航向全新的世界？

＊

「找到了。欸，繪里里！要不要一起去吃飯？」

卡琳看準了時間，在課程結束的同時正好出現在教室裡。

過了一夜，我還以為她已經乖乖回家去了，沒想到還在《秋葉原》啊。

「原來是卡琳……我就不去了。我還有事要留在這裡。」

「嗄？妳的課不是已經上完了嗎？」

「是沒錯，我留下來不是為了要上課。」

「喔，好乖好乖。少年也一起來了啊。你有吃早餐嗎？吃了什麼？」

「營養麥片，還有白開水。」

「哇，好寒酸。繪里里，妳這樣是虐待兒童吧？會不會惹來社工關心啊？」

「不知道啦，真是的……」

最近幾天我一直沒機會回房間，之前買下來存放的食物都已經過了保存期限，所以才會演變成這種狀況。

真正的情況其實不是我讓少年吃早餐。因為他一直以興致勃勃的眼神看著我把早餐塞進嘴裡，所以我也只好分一點給他嘗嘗。

從者不像一般人，本來是不需要進食的。可是在大戰過後，因為從者的存在普及化，所以人們也開始關心要提升他們的生活品質。

有一派市民主張應該讓從者過著與人類完全相同的生活。可是我倒覺得，從者與人類截然不同，他們都已經擺脫自然天理的框架，何必又用人類的規範去約束他們，這其實也算是契約者太自我中心吧……

如果要說我是因為吃不到葡萄所以說葡萄酸，那我也無話可說。

更別提這個少年可能還沒成為任何人的從者。

「哈囉。妳好啊，卡蓮蓮。」

「妳好，卡琳小姐。」

老師走到我們身旁來。

「卡琳……卡蓮蓮？」

少年的視線在卡琳與藤村老師兩人來回移動。

「對啊，很容易混淆對吧？《秋葉原》的卡蓮蓮總讓人覺得成熟又性感呢。哪像我們那裡的卡蓮蓮啊，就比較有『阿達』的感覺。」

「『阿達』是什麼意思啊。再說你應該稱呼她為卡蓮**小姐**吧。」

卡琳舉起單膝，擺出威風凜凜的功夫姿勢。我在她身上用力拍了一下。

「卡琳小姐住在《澀谷》地區，那裡的我是中華料理店的招牌店員吧。」

老師說著露出微笑。知道自己的其他版本機型還在運作，不曉得是什麼樣的感覺。

教室裡還有幾個年長的學生留下來聊天，尚未離開。

我們在老師的敦促下離開教室，轉移陣地來到同大樓中間樓層的露天陽臺。

這裡是一處休息空間，向下望去可以把《秋葉原》市容盡收眼底。

或許是因為時間還早的關係，所以海風不強，日晒也不會太強烈。站在陰涼處還會覺得有些涼意。

遠遠傳來電車經過海上鐵橋進入城市的行駛聲以及氣笛聲。鐵路延伸消失在海平面上，另一頭通向《新宿》以及《澀谷》。

「這位就是契約者不明的從者嗎？」

「嗯。」

我事前已經和老師聯絡過了，這時候再鄭重把少年介紹給老師認識。

「──其實我已經猜到他的真實身分了。可是本人還是傻不愣登的，反應不是很大。」

我把昨天晚上的發現直接告訴老師。

因為我沒有把昆德麗逃亡之後發生的事情告訴老師，總覺得有點內疚。希望這樣坦白以告能夠讓內心的歉疚一筆勾銷。

「安東尼・迪・聖─修伯里……？他應該是赫赫有名的法國作家吧，同時也是第二次世界大戰的飛行員。妳說這個少年就是聖─修伯里？」

就算疑似是真名的名字被人當面說了出來，可是受到眾人注目的少年卻還是老樣子，好像一點都不在意。他喝了一口卡琳從茶飲店買來的鮮榨柳橙汁，酸得整張臉都皺了起來。

「就算考慮到年齡差異，他們兩人在外觀上的一致性還是很低。」

老師似乎利用後臺參考電腦紀錄，與少年進行比較分析。
我繼續把更進一步的推理揭露出來。
「他就是**小王子**啊，妳們不覺得他和修伯里插畫裡的小王子長得一模一樣嗎？」
《小王子》是一本帶有寓意的小說。
這本書同時也成了英年早逝的修伯里最後的遺作。
雖然這本書不管是網路或書店都能在兒童書籍類別裡找到，可是內容卻和那些哄騙幼稚小孩的故事完全不同。
可是它也不像聖經那樣，可以一段一段節錄引用拿來勸誡世人。我覺得……這本書感覺就像是一個隨和的朋友，總是伴隨著自己，只要和他說說話，他就會開開玩笑或是講些生活甘苦談。
「原來你還是個王子啊。喔……這麼一說，看起來好像的確有點高貴耶？我的小紅也是公主大人，你們可以湊一對囉？是嗎？」
卡琳一邊奸笑，一邊用手指輕戳少年的臉頰。他把臉撇開，不太喜歡卡琳這樣戳。
我沒去理會他們，再向老師補充一點，提到之前我對少年提出謎題，結果他用《小王子》書裡特有的關鍵字來回答我。

「原來是這樣……」

老師擺出沉思的姿勢，我又繼續對她說道：

「他的確和修伯里長得不像，所以我在懷疑他會不會是以自己作品人物的模樣現世的作家從者。應該也有這種人對吧？」

「是的，的確是有。比起作者本人，他的作品往往留給後世更深刻的印象。確實有許多作者會希望化身成自己書中的人物。可是如果妳願意聽聽我的見解——」

老師停頓一下，把眼鏡往上一推。

「也有一種推測，聖—修伯里自身投影的對象不是〝小王子〞，而是書中的陳述者〝飛行員〞。因為《小王子》這本書也是根據他的遇難事故所寫出來的。」

「……啊……這樣啊……」

老師說得沒錯。根據小說的內容來看，她的批評也很正確。老師指出修伯里和那些代入情感強烈、具有倒錯喜好的作者從者完全不同。

當事者不知何時已經換喝蜂蜜檸檬汁了，好像是和卡琳互換飲料。看他喝得那麼開心，蜂蜜檸檬汁好像比較合他的口味。

「我也和其他區域的我通訊過，他確實不是**我們**轄下管理的從者。甚至連符合的職階目前都只是模糊的揣測而已。」

老師是ＡＩ，和我對話的同時似乎也在利用後臺與其他個體聯繫。

少年並不是從其他區域迷路來到這裡的從者。而且也得知至少在紀錄上，沒有聖──修伯里成為馬賽克市從者的紀錄。

「別那麼喪氣，繪里世小姐。我不是在否定妳的意見，可能性還是有的。而且妳替我們照顧他，這也是大功一件。」

「是……」

「看起來他除了記憶之外，其他方面都很穩定，就讓他戴著識別標記吧。他在這裡活動的期間，我也會把他當成〝暫定小王子〞看待。」

「好的……暫定……」

「說得也是，沒有名字總是不方便嘛──你說是吧，暫定小弟。」

卡琳以一派輕鬆的態度在暫定小王子的頭上拍了拍。

「呃……那關於昨天晚上的事情──」

我調整好姿勢，想要來談正題，也就是報告昨晚的事件以及向老師辯解。就在這時候──

老師忽然站了起來，一臉抱歉地告訴我說：

「有件事我必須要向妳說聲對不起。其實現在我突然有一件急事要辦，所以那椿事件請妳用簡單的書面文件報告就可以了。」

「嗄？喔，好。」

在我放下心中大石的同時也感到一陣不安。

我沒聽說過老師有什麼急事要辦，而且老師鮮少隨便改變預定計畫。

「可是他呢，這個少年要怎麼辦？」

「這就是重點。對妳非常過意不去，繪里世小姐。可以請妳暫時照顧他一陣子嗎？如果這段時間能夠查清楚他的真名，那就更好了。」

「什麼——」

老師瞇起眼睛看著無話可說的我。事情變得愈來愈奇怪了。

「不不，這不行不行。這樣我會很傷腦筋，我還有工作要做啊。」

「目前《秋葉原》裡沒有人可以處理這種特殊案例，而且妳在應付從者這方面也可以稱得上是專家，當之無愧。」

哪裡當之無愧，愧太大了。

因為我的工作是專門殺害從者。

如果是把窮凶惡極的從者五花大綁進行監視，我還可以接下來。可是要照顧一個連自己是誰都搞不懂，根本和一般人類小孩沒兩樣的年幼少年，我絕對做不來。

這時候卡琳插嘴說道：

「那乾脆來我家好了。我家現在再多一、二個弟弟也沒差。」

「差很多吧……」

聽到卡琳未經深思熟慮的建議，老師也很客氣地低下頭說道：

「非常謝謝妳，卡琳小姐。您的好意我很感激，可是目前我們還不清楚他可能會造成多大的威脅，所以不能讓他住在一般市民的住處。」

「沒事啦，反正還有小紅在。一點問題都沒有！」

卡琳還是堅持己見，老師又再一次以客氣的態度說明婉拒。

老實說卡琳的建議確實讓我擺脫窘境……可是另一方面，我又覺得這個少年好歹也算是我工作的一部分，我也不是很願意把他交給卡琳處理。

＊

正當我發覺自己內心這麻煩的好勝心的時候，那個女孩快步走向我們這群正在休憩區聊天的一行人身旁。

「——妳是卡蓮・藤村是嗎？我有件事想問妳。」

她就是那個坐在最前排的人——戴著帽子的女孩。

在課程快結束之前，那孩子一邊拿著手機講話一邊快步走出教室。看來她似乎在講完電話又回來了。

「春子小姐？妳的問題是和課堂內容有關嗎？」

「是的，我想請教關於占星術在大航海時代當中扮演的角色……」

這時候正好吹來一陣海風，少女深深按住帽子免得被吹走。

我趁這個時候趕緊插話，其實插隊的應該是她才對。

「等、等一下，現在我正在和老師說話。」

「…………」

她默默無語地瞪了我一眼。

那雙亮麗的薄荷綠色眼眸從瀏海的髮絲之間一閃即逝。

「都是因為妳和妳的從者好幾次妨礙上課進度，所以我才沒有時間提問請老師解答。」

「這、這件事我願意道歉。可是那個男生他……又不是我的從者。」

「是嗎？那就是我的不是了。可是如果妳是監護人，希望妳多為他人著想，別讓同伴在公共場合造成別人的困擾。」

少女就連走路的步伐、按住帽子的手勢都很乾淨俐落，絲毫沒有多餘的動作。她的身高明明比我們這個還在一臉天真喝著果汁的少年沒高到哪裡去，言行舉止給人的感覺卻非常老成。

那套上課中一直映入眼簾的白色外袍底下，穿著一件款式有些古舊的土黃色襯衫。

（這套制服……我曾經在哪裡看過……是哪裡呢？）

「呃，妳是說占星術嗎？要是妳對歷史與魔術的關係有興趣，去圖書館查就好了啊。裡面多的是資料可以讓妳查。」

我其實是出自一片好意很認真地提出建議……可是那名女孩卻深嘆了一口氣，態度愈發強硬。給人的感覺真不舒服。

「在圖書館查資料？那樣做的效率太差，還不如直接問管理ＡＩ……不對，是問藤村講師來得快。而且既然妳都特地來參加這堂講座，應該也明白從文件資料亂槍打鳥得到的知識，和一個富有學識教養的人以口頭傳授、具有統整性的情報，這兩者在情報的價值上差異有多大。可是妳明知如此，卻還要怠惰地占據他人的時間嗎？」

「妳、妳說我怠惰……」

「哇，這個ＪＳ嘴巴可真利耶。」

啊，糟糕……卡琳開始看出興致來了。要是放任局面這樣發展下去，屆時不知不覺就會一發不可收拾，變成雙方大吵的場面。

卡琳要找人吵架是她家的事，說什麼我都不想和其他聽講者鬧翻，搞到被趕出課堂的下場。

「呃——卡琳，別說了。我又沒生氣。」

「……嗯？這個女生……」

卡琳好像察覺了什麼。

少女一驚，又把帽子壓得低低的。剛才老師好像稱這個女孩叫春子對吧？

「我之後其實也有其他事要辦，時間其實也很趕。」

「這、這樣啊……真是不好意思。」

她應該是從教室特地找到露臺這裡的吧。我也很認同她的學習熱情，其實我們都是同好。

「可是妳平時好像很少來上課不是嗎？如果不介意的話，我把我從前做的文件檔案借給妳看如何？」

「既然妳這麼看不起我，還對我挑釁。那妳最好有所覺悟。」

「嗄……我說了什麼不該說的話嗎？」

我根本摸不透這名少女的地雷在哪裡。

我對卡琳露出求救的眼神，可是連卡琳都只是搖搖頭，表示她也應付不來。

這時候——

「妳就別再說了吧，繪里世。」

一名先前沒有出現在教室裡的女性，踩著響亮的腳步聲出現了。

而且還用很親暱的口吻叫我的名字。

「您大小姐來得頗早呢。」

原本決定做壁上觀的老師用很刻意的語氣迎接那名女性的到來。

「是妳傳訊息給我，說『可以來看看有趣的事情』，還催我趕快來不是嗎？卡蓮。」

她穿著一身很傳統的黑色水手服，還有一頭長長的銀色秀髮。

我認識這個帶著一股嫻雅的鄉愁感、與《秋葉原》這座城市的風格格格不入的女性。

「……千歲……妳怎麼突然……」

原來是這樣，卡蓮剛才說的急事指的就是千歲。

戴著帽子的女孩耳朵很靈，聽到了我的低語。

「千歲……？能夠不用事先預約就直接拜訪都市管理ＡＩ的市民……」

我聽見倒抽一口冷氣的聲音，少女立即看向千歲。個子嬌小的她和千歲面對面一站，變成抬頭仰望的姿勢。

「難道妳是……真鶴……千歲？就是那位〝聖痕〞嗎？」

「──是啊。我已經很久沒有聽到那個稱呼了。」

「……嗚……沒想到……」

少女的反應非常強烈，甚至讓人以為她好像現在就要和人決鬥了。

可是她的態度卻和我一瞬間想到的狀況完全相反。她變得異常拘謹，向後退了三步，動作僵硬地低下頭。一雙耳朵紅通通的，就連瀏海之下露出的臉頰都變得一片通紅。

她的手指碰了一下帽簷，帽子立刻折疊起來變成固定頭髮的髮箍。完全露出臉龐的少女再次低下頭說道：

「剛才真是失禮了──聖痕。」

千歲靜靜地搖搖頭。

「妳是不是有事要找卡蓮，我可以稍微等一下。」

「只、只是一些小事而已，怎麼能和妳的公務相提並論。」

少女一改剛才高傲的態度，整個人僵硬到一副可憐兮兮的模樣。每次看到與千歲往來的人這種大氣都不敢喘一口的模樣，我都覺得很不習慣。

與少女應答的千歲雖然口吻聽起來親切，但這絕不是因為她把少女當成自己人看待。

然後千歲的目光落在與我們同桌的的少年身上。

那種眼神……彷彿就像是盯上獵物的白蛇一般。

「就是這位少年啊，真的分辨不出來靈基職階是什麼。原來還有這種狀況。」

她彷彿自言自語般說道。

老實說，我很有興趣，完全抗拒不了那種近乎殘虐的好奇心。

受到那種目光的注視，少年究竟會有何種反應？是畏懼、敵意，或者彷彿抹殺自身存在般對千歲視若無睹呢？

可是——少年露出了微笑。

他的笑容澄澈無瑕，有如天上閃爍的小星星一般，打從他最無拘無束的內心對千歲流露出笑容。

一瞬間的沉默之後，那名女子——千歲同樣也對少年報以微微一笑。

站在一旁的帽子少女似乎顫了一下。

接著千歲好像在開玩笑一般表情和緩下來，靠近我身邊，把蒼白的指尖放在我的肩頭上。

「就麻煩妳負責監視這位少年了，繪里世。」

「……我知道了。」

聽到我回答時講得不清不楚，滿是不滿的情緒，千歲只是微微聳了聳肩膀。

——這樣事情就談完了。

既然千歲直截了當這麼決定，老師也願意配合。

我站起身來，向老師鞠躬，便依照決定把少年帶離現場。

卡琳隨後從走廊跟過來，還像個沒事人般向我問道。

「那個人是誰？看起來好像很不好惹喔。」

唯獨這種時候，她輕鬆的態度讓我感到一絲絲暖意。

「而且妳是怎麼了？不是還有事情要找卡蓮蓮談嗎？真的不談了嗎？」

「沒關係，我們走吧。」

說完之後，我像逃難似地離開教室所在的那棟大樓。

「有需要遮起來？」
嗯……

■ 2

「這裡！我想去這家店看看！牛筋炒飯！」
我一邊走著，一支手機突然伸到我面前。
卡琳提出想要吃的午餐，是她事前就已經調查過的中餐廳。
「這是哪裡……我不知道這家店耶……什麼，地下十二樓？這根本已經在水面底下了嘛，真的安全嗎？」
「繪里里，妳不是很喜歡吃中菜嗎？」
「這個嘛，是滿喜歡的啦。可是這間店……菜單上的菜好像全都是微辣口味的耶？這應該是日式中菜吧？」
「喔？嗄？妳有什麼不滿意的啦──要是讓妳去選吃哪家店，要嘛吃一片紅通通、油膩膩的東西；要嘛就選那種單手拿著，五秒就能吃光的東西。選來選去就是這兩種玩意兒無限來回。要吃超辣的料理，我去我們《澀谷》卡蓮妹妹開的餐廳就好了！」

少年正兩手捧著交到他手上的手機，盯著畫面看。卡琳把兩手放在他的肩頭上，帶著喟嘆的口吻向他說道：

「聽好了，你可要小心喔，少年。要是和這個味覺破壞女往來的話，你體內的所有黏膜最後都會爛掉，痛得在地上滾喔。特別是隔天早上的後勁更是讓人生不如死。」

「嗯。」

「還、還說我呢，卡琳妳還不是盡吃一些垃圾食物，小心吃到嘴巴破。」

雖然我對卡琳挑選的店家還是有點意見，可是那裡恰好離我要買東西的地方很近，去那家店吃正好順路。

而且這座城市的深處結構複雜，去那裡探索路線對工作上也不無好處。就算從地圖上可以看到一些情報，但親自走一趟才會發現很多事情的實際情況與原本的印象差很多。

我們在立體道路上前進，順著道路的緩坡往商業設施雲集的熱鬧區域而去。這樣走雖然有點繞遠路，但這裡的視野更遼闊得多。

大樓之間忽隱忽現的人工海灘上，前來玩海水浴的遊客撐起的洋傘，彷彿花壇中綻放的各色鮮豔花朵，在淺海處還可以看見風浪板五顏六色的船帆。

卡琳忽然指指我的側腹。

「她在問妳的傷口怎麼樣了？」

「……紅葉小姐在問嗎？」

卡琳點點頭。

這時狂戰士(Berserker)鬼女紅葉解除靈體狀態，現出實體來。

馬路的接縫受到魔力濃縮形成擬似物質的重量，發出沉重的傾軋聲。

經過的市民看到她奇異的外貌都嚇了一跳。一個踏在電動滑板上輕快行進的青年身子晃了一晃，差點跌下來。

紅葉身上披著白無垢的和服，配合我們的步伐踩著沉重的腳步在我們身旁前進。彷彿馬路上出現了一面分隔牆一般。

「嗯，其實現在還滿痛的。可是不會有事，謝謝妳。」

我稍微挺直身子，把手放在她的脖頸處。

紅葉的頭部向前低垂下來，瞥眼一直凝視著我，然後立刻又恢復為靈體狀態。

「……嗯？紅葉？」

少年轉頭左看右看，戰戰兢兢地伸出手摸索紅葉巨大身軀原本占據的空間。

「如果你要找紅葉小姐，她還在啊。她一直都待在卡琳的身旁，只是變成靈體而已。」

「————好厲害喔。」

少年睜大眼睛，打從心底感到驚訝。這種本事你應該也會才對。

這只是基礎概念，連常識都算不上。只要是接受一般召喚方式而出現在馬賽克市的從者誰都知道，可是少年似乎還不懂得。

「很厲害吧！我就絕對沒辦法坐電梯。搭上手扶梯的話，手扶梯的行進方向還會倒轉過來呢。」

「好厲害。」

「明明還有很多其他優點值得稱讚……」

卡琳得意洋洋，把紅葉的事情當作自己的事情一樣炫耀。然後她忽然轉頭看向我。

「妳也差不多該幫這孩子取個名字了吧。都已經決定由妳來照顧他了，剛才卡蓮妹妹講的應該是管理層面上的事吧。用暫定小王子這個名字來叫他，真是太扯了。」

「……妳先前還不是喊得很大聲？」

不過卡琳說得沒錯，其實我在心底也想過這件事。

可是原先我帶著萬分自信推測出來的真名聖—修伯里已經被藤村老師繞著彎打槍，所以一時之間思考就停頓下來。

「那位修伯里先生沒有什麼暱稱外號嗎？」

「有是有……好像叫做聖艾克斯。」

「聽起來不是很可愛啊，不然叫他王子殿下怎麼樣？」

「會不會太直接了……王子殿下叫起來也夠拗口了。」

我承認王子殿下這個稱呼和他很相配，可是總覺得不太像日常生活裡會用的名字。卡琳也抱著手臂，一臉沉思的模樣。

「這麼說也對……有非常多從者都是貴族相關出身，叫起來也很容易混淆。這個孩子可能是法國人對不對。王子的法語怎麼念？」

「妳自己上網查查看嘛……我記得好像是Le Petit Prince吧？」

應該是這個稱呼，這是《小王子》在出版國法國的原文標題，所以我還記得。

如果用英文的話就是The Little Prince。

「唔，既然Prince的法語念做普蘭斯，那就稱呼他為普蘭怎麼樣？」

「普蘭——」

意思上還是王子，可是這樣聽起來變得更像是人名。

「那我就暫時稱呼你為普蘭囉。然後還要讓你戴著識別標示，要是你在路上走失，我可就麻煩了。」

少年出乎意料帶著一臉明白的樣子點了點頭，我到現在還是不知道他究竟聽懂了多少。

「普唧～～～」

「不要拉長尾音，是普蘭。」

卡琳看著暫定稱為普蘭的少年與我之間的對話，開朗地笑了。

「就像繪里里說的，希望你真的是『小王子』喔，普蘭弟弟。」

「……現在先別去查他的真名，更重要的是得找到他的御主……」

依照慣例，當事者依然一副傻乎乎的樣子。

等到我們身邊沒有行人經過，卡琳一下子靠過來，在我耳邊低聲說道：

「還有，剛才那個很不好惹的人是誰……？」

雖然她蹙著眉頭，一副嚴肅的模樣，但怎麼看都是假裝出來的。身分不明的從者先前引起她的興趣，而這件事也因為不同的原因刺激了她的好奇心，她肯定是樂在其中。

「她好像叫做聖痕是嗎？那是什麼意思？繪里里剛才是喊她叫千歲對吧。」

卡琳把頭放在我的肩膀上，又貼得更近。真是煩人。

「好啦，快告訴我啊，繪里里。我想肯定有什麼內幕，不方便有人到處打聽的案件。」

「……那妳還問，還有妳貼得太近了。」

「不好意思，我猜錯妳的忍耐度了。妳應該認識那個人吧？那身制服超復古的，如果她是卡蓮妹妹的朋友，那身打扮倒讓人不意外……會是那所學校的學姊嗎？該不會是什麼很有名氣的人吧？」

卡琳當時恰巧也在課堂上真是算我倒楣。

而且實際上千歲也不是什麼不能讓人知道的神祕人物。只要用適當的方式上網搜尋，或是詢問卡蓮系列機型的話，馬賽克市的所有市民都能知道她的存在。

「該說她有名氣嗎……以前是很有名啦。現在也沒那麼多人知道她了。」

我放棄掙扎。索性向卡琳坦白還比較好，省得讓她亂問亂猜一通。

「千歲她……是我祖母。」

「……嗄啊？祖母？妳是說，她是妳奶奶？」

「對，是我奶奶。」

「…………什、什麼……？」

這個答案想必非常出乎卡琳意料之外，她的表情都僵硬了。

我和卡琳已經算是老交情的歡喜冤家了。這可能是從她得知我沒有聖杯以來，第一次露出這麼尷尬的吃驚表情。

即便如此，卡琳似乎還是壓抑不了高漲的好奇心。

「大戰之前的人不可能變得那麼年輕吧？就算可以，或許也得把令咒耗光才能勉強——」

「千歲的外貌從很久以前就一直是那樣，但她真的是我祖母。」

「真的假的？」

「她也不算是知名人士，應該說知道的人就是認識她。那個戴帽子的女生或許也是那方面的人。」

「意思就是說……是魔術師了……繪里世，原來妳家老奶奶是**真正的御主**啊！糟糕，我問了一件不該問的事……嗚哇……」

卡琳臉色大變，用手摀著嘴低下頭。就連普蘭少年都一臉擔心地仰望著她。

「哈哈，看到妳吃驚成這樣，也不枉費我把這件事告訴妳了。」
我露出尷尬的苦笑，總覺得有些不對勁。
「對、對不起啦。」
「沒事的。」
——血脈從戰前延續到現在的真正魔術師。
這意味著那個人與之前的聖杯戰爭有著一言難盡的因緣。
卡琳自己過去也很少提及自己家人的事情，這似乎也是戰後出生的新世代才有的一種感覺。所以我對卡琳的家庭狀況也所知不多。
她的老家位於《澀谷》地區，家中有兄弟姊妹，就在同地區的國中上課。
卡琳的雙親與其他同世代的人們一樣，都是經由後天因素得到〝聖杯〞的人。
可是他們卻沒有接受〝聖杯〞，堅持不使用〝聖杯〞的力量，就連《令咒》也不曾用過。
這種情況代表他們的從者根本沒有召喚出來，就這麼放著。也有少數人是像他們這樣的。
卡琳雙親那種完全不接受〝聖杯〞的態度，當然也影響到他們對女兒卡琳的養育與教育方針。

鬼女紅葉這種外表看起來就很特異的從者，我不認為在他們家能得到多少善意的眼光。

卡琳之所以不常乖乖待在家，老是往我這裡跑，或多或少也是因為這個原因。

我想可能是因為我自力更生，又是一個人獨居，看起來與家人的束縛無緣，所以她也才能放鬆一點吧。

＊

有好一陣子卡琳都沉默不語。

……可是當我們在選上的中餐廳即將吃完午餐的時候，她已經完全恢復平時的態度，又吵吵鬧鬧起來。早知如此，說不定我應該要用更嚴肅的反應去壓迫她才對。

用完餐之後，我們一行三人直接前往要辦事的地方。

——人稱〝秋葉原百貨〞。

這裡位於鐵路高架橋下，是一處有無數小賣店櫛比鱗次的魔術用品街。

聽那些看起來就像怪叔叔一樣的店老闆說，這裡過去好像是販賣電子用品的場所。秋葉原百貨的稱呼也只是當時他們之間的**暗語**而已。

市民得到高實用性的《令咒》，開始接觸魔術之後便互相分享情報，建立一種特有的魔術文化。

在正統的魔術師眼裡看來，這些只不過是好笑、可笑又該封殺的業餘活動而已，可是《聖杯》以及都市管理ＡＩ卻都容許這些活動的存在。

可能是和這座城市具備對某種事物狂熱的性質很相符吧。

我也是其中一個經常利用這裡的人。

像宇津見繪里世這種沒多大年紀的青少年之所以能夠勉強繼續幹這門〝死神〞的生意，當中有幾成因素也是由於這處有如魔窟般的空間。

秋葉原百貨在表面上只不過是以觀光客為主的當地特產商店。

販賣的商品包括充滿《秋葉原》風格、怎麼看怎麼怪異的御守、詛咒道具以及擺設在房間裡好看的裝飾品等等。

這類道具當中，也有一些只要使用者耗用《令咒》，實際上真能發揮一點微弱效果的東西。這種東西可以說就像是一道門，能夠決定《令咒》所具現化的魔力是什麼導向、什麼性質。

卡琳原本和普蘭少年一起東張西望，也終於發現有興趣的商品而駐足。

「喔，這個怪怪的可愛娃娃，原來在這裡有賣啊。這東西啊，現在在我們學長姊的班上可流行了。」

「哇，好噁……這是什麼？是那種代替主人遭遇不幸的玩意兒嗎？」

「聽說只要戴在身上就能夢到從者，不同的人偶好像有不同的夢境內容。」

「是喔……」

這種效果聽起來就像是騙人的，而且打從一開始就和我沒關係。我知道卡琳提起這件事沒有惡意，但聽在耳裡總不是很舒服。

「我買一個給妳好了。」

「給我？我才不要呢。」

「別這麼說嘛。」

結果這做夢娃娃最後被塞到普蘭少年手中。

走著走著，當我們逐漸走進如迷宮般複雜的百貨公司深處，周遭的模樣為之一變，就連顧客看起來都有點詭異。

當中最誇張的就是魔術師英靈《Caster》參與經營的商店。

他們親手從頭製作的獨特道具，或是拿既有物品進行調整校對過的咒物，在這些店裡都以極高的價格販售。

此時正在治療我側腹上傷口的靈液也是一樣。僅僅幾滴分量的藥水就放在一個只有小指大小的瓶子，價格相當於我一個月的生活費。

（我也得補充一些咒具才行。可是這不是今天來的主要目的……）

這裡是一處位於深處通道的其中一個角落，附近沒有人走動。

卡琳的腳步好像被釘住似地停了下來。

少年同樣也在她身旁停止步伐。講得更具體一點，他的額頭撞上了什麼東西，整個人踉蹌了一下。

「好痛……」

「等、等一下，繪里里——這裡好像走不過去。」

她說的話聽起來好像在搞笑，但並非如此。

「這裡有牆壁。」

少年站在通道半路上，雙手在空中上下移動，好像在表演默劇一樣。另一方面，卡琳的內心似乎也感覺到某種模糊的抗拒感。

因為地點的關係，我立刻就察覺有狀況。

（阻隔靈體的螢幕……？）

我現在才初次發現有這種機關。不管是實體化的從者或是卡琳那個已經化為靈體的鬼女紅葉都受到阻擋，無一例外。

紅葉在卡琳身旁現身，鉤爪尖端刺進那面看不見的牆壁。受到爪子施壓，一道高密度的魔方陣有如半空中的染漬一般閃閃發亮。

不只如此，她的身子還用力往前挺，想要用頭去撞魔方陣。周圍的牆壁與地板發出傾軋聲。就連少年都在紅葉腳邊努力地幫忙往前推。

「……喔喔喔，紅、紅葉小姐!?」

我還來不及攔阻他們，一名體格精悍的中年男子從通道陰暗處露出臉來。我見過那張臉，他就是我想要去的那家店的警衛。想當然耳，他也懂得魔術。

「喂，別搞破壞！」

男子粗暴地揮揮手，想要讓卡琳他們離遠一點。

「妳可以過來，你們幾個不行。別在這裡閒晃，快叫他們回去。」

「但他們和我一起來的。」

男子面無表情地搖搖頭。

「……嗯～～。」

「怎樣啦，這家店不做生客的生意是嗎？開什麼玩笑嘛！哎唷，仔細一看大叔你好像還挺帥的喔。」

「卡琳……」

卡琳一下子大聲抗議，一下子又想給人家灌迷湯，忙得不可開交。我趕緊要她別再說了。

稍微考慮了一下，最後我還是決定回頭，不進店裡去了。

卡琳的情緒還是很激動，抱怨個不停。

要是只有她這個御主一個人的話，說不定就可以進店去了。

「那家店是怎麼回事？防得那麼嚴密。到底是賣什麼的？」

「那家店販賣古代遺跡物品、藝品、盜墓品——也就是專賣遺物的商店。」

「衣物？」

「異物？」

「這個嘛……如果說是〝召喚用的媒介〞，這樣你們了解嗎？」

卡琳搖搖頭。新世代的人對這個名詞很陌生，或許也是理所當然的。

換句話說，這家店專門進一些能夠當作召喚倚託的媒介物品，然後賣給客人。這家店是由某位年老的魔術用品採購人，以及一位在舊人類史上以富商聞名的英靈一起經營的。

我知道那家店販賣的都是一些價值連城的貴重物品，但從沒意識到店裡的警報系統。再說這家店根本不是小孩子會來的地方。

卡琳聽完之後兩眼發光。

「那豈不是一座寶山了!?那家店裡應該滿滿的都是探險家、考古學者心心念念的夢想吧？」

「或許吧。可是在不同的人眼裡看來，也可能認為那些東西只不過是一堆無趣的垃圾而已。那裡也沒有什麼用來給人看的展示物，比起博物館來說更沒什麼看頭。」

可是想要窮究降靈或是召喚術的魔術師而言，那家店的商品可都是令人垂涎三尺的好東西。

（那個女人……昆德麗設下的陷阱……要是小魔怪格雷姆林有召喚媒介的話，肯定是在這家店裡交易的……）

我就是這麼猜測，所以才直接前來查探的。可是這時候天外卻飛來意外的建議。

「沒辦法帶普蘭弟弟一起進店裡去，真是太可惜了。」

「——嗯？」

卡琳說了一句我根本想都沒想過的事情，害我還迷惑了一下。

「因為繪里里，妳不是要讓普蘭多看看各種遺物嗎？想看他會不會有什麼反應。」

「……啊…………」

我用極為曖昧的態度點點頭。卡琳露出有些嚴肅的表情，看著我的臉說道：

「欸，繪里里……妳剛才是不是露出『原來還有這個辦法』的表情？」

「的確還有這個辦法耶……」

「喂。」

店家不可能隨隨便便讓我們去看那些貴重的商品。可是對方也是生意人，要是交涉得當，情況也很難說。

而且他們販賣過那些可能危害社會安全的媒介品，只要我暗示要上報給都市管理ＡＩ也就是老師知道的話，或許也有可能強迫他們就範。

「繪里里真是頭腦少根筋耶，虧妳剛才還教訓我，說什麼我們不是來逛街的。」

「……非常不好意思。」

＊

卡琳表示差不多該回去，所以我陪著她一起前往《秋葉原》站前。我也很想盡快把她趕回家去。

午後的站前廣場有許多市民來來往往。餐車上飄來令人食指大動的香料氣味，街頭藝人吸引了一面厚厚的人牆。

少年好像走得有點累了，無奈之下我也只好牽著他的手走。

他的手掌又小又纖細。我現在還抓不準到底要離他多遠、要用多大的力氣握住他的手。

（這根本就是在帶小孩……不管是換做是誰看到都會認為我在帶小孩）

想到之後還得繼續照顧小孩，我頓時感到心情沉重無比。

他既不是經驗豐富、值得讓人尊敬的英靈，也不是冷酷精明的異端之人。

這個少年完全打亂我的節奏，可是卡琳卻和他相處得很好，這段時間確實也讓我輕鬆不少。

和卡琳比帶小孩的功力高低一點意義也沒有。雖然我一直這麼告訴自己，可是同時心裡或許也感到有些嫉妒、有些煩躁也說不定。

「要是妳又有工作的話，記得要叫我啊。除了考試期間之外，我都會過來的。」

「我不是說不行嗎？就算沒有考試，妳也不用過來。」

面對廣場的大樓牆壁上有一面巨型螢幕，正用非常大聲的音量播放畫面。

我當成是一般廣告，根本看都沒看上一眼。可是卡琳好像發現了什麼，銳利的目光跟著影像移動。

「——」

螢幕上兩名從者正打得如火如荼。

多角度攝影機拍攝的影像剪輯成節奏緊湊的畫面。

從者施展出來的寶具畫面配上炫麗誇張的字幕。

每當寶具攻擊的旋繞餘波衝上觀眾席，屏壁總會在千鈞一髮之際啟動，擋下陣陣餘波，讓躲過一劫的觀眾每每都會興奮地發出驚叫與歡呼。

無人機攝影機飛在天上，把多位從者身影交錯的戰場全景拍攝入鏡。

那是一座模仿羅馬的圓形鬥技場〝Colosseum〞而精心打造的體育館，建築規模更是遠大於原本的鬥技場遺跡。
「看到了嗎！剛才的畫面妳看到了嗎!?」
「誰知道那是什麼。」
「嗄？繪里里，妳該不會……不知道『聖杯淘汰戰』吧？」
看卡琳一副不可置信的模樣，我有些生氣。
「……不就是現在鬥技場裡的表演嗎？我沒興趣。」
畫面上正在廣告另一場淘汰賽即將開始，站前廣場的人們紛紛駐足，抬頭看著螢幕。
「妳的意思是說，妳住在《秋葉原》但從沒觀看過聖杯淘汰戰囉？」
「沒看過又有什麼關係。那只不過是一種遊戲罷了，**事先套好**的假比賽而已。」
「什麼？這句話我可不能當作沒聽見——妳看一下畫面。」
「不是跟妳說我沒興趣。」
「看一下有什麼關係，快看！」
「等一下，卡琳——嗚啊。」
卡琳用兩手夾住我的頭，硬是逼我抬起頭來看螢幕。
螢幕上正在播放過去競賽的精采片段。

畫面上因為寶具的蹂躪而揚起漫天沙塵，有一個人壓低身子從沙塵中猛然衝出。

那種異於常人的腳力的確是從者沒錯。

那是一名身穿深紫色鎧甲的女性騎士。

她的長髮飄逸，縱躍閃過敵人射出的箭矢，貼附在豎立在鬥技場中幾根大石柱的側面上。

敵人的斬擊緊接而來，底部應聲而碎的石柱整根飛上了天，可是攀附在石柱上的女騎士安然無恙。

製作單位還很細心地把女騎士有如雜技般的身法用慢動作重播。

下一秒鐘，女騎士看準敵人出招勢道已竭的時機，一口氣逼上前去。

她手中細劍出鞘，綻放出魔力的光芒，同時帶著破風聲深深刺進敵方從者的身軀內。

正是毫不容情的致命一擊。

脊髓被精確無比的攻擊粉碎的敵人再也無法維持實體，分解成一顆顆光粒。

（看起來好痛……那個英靈消失並不是回歸英靈之座，但他受的傷說不定會深及靈基。御主恐怕也沒辦法全身而退。）

——Game Over。

華麗的閃亮字幕打出最後優勝者的名字。

「淘汰戰的優勝者是從者Saber〝加拉哈德〞。

——御主〝小春・F・萊登佛斯〞……」

（小春？咦……加拉哈德!?）

觀眾席爆起一陣喝采，祝福的花瓣幾乎掩蓋了整座鬥技場。

象徵聖杯的標誌與月桂冠所組合而成的徽章在銀幕上旋轉，畫面接著切換到賽後採訪。

表情精悍的女騎士應答中看不出一絲疲憊。

藍色光澤的頭髮，亮麗的薄荷綠眼眸。

「……啊……」

我終於理解卡琳想要表達的意思了。

「那個女騎士——看起來很像是那個也有來上舊人類史課程的女孩子是嗎？」

「是不是？很像對吧？」

女騎士回應採訪的口吻以及那種彬彬有禮的態度也很像她。

可是外表的年齡不一樣，聲音也稍微低沉了些。那名女騎士雖然年輕，但身形看起來至少也有十五到二十歲之間，那個戴帽子的女孩大概差了十歲左右。

「就是啊。我總想好像看過她，一直覺得很好奇。」

這意料之外的關聯性讓我也萌生一點好奇心。

「會不會是和她有什麼關係的人？」

「才不是，那就是她本人啦！小春這個名字應該是假名。她可是聖杯淘汰戰的知名選手，隱姓埋名來參賽的。」

「咦？可是——」

我掩飾不住內心的混亂，結果卡琳傻眼地拍拍我的肩膀。

「繪里里，妳連這件事都不知道嗎？連我弟弟都知道喔。」

「妳很煩耶，那種事情我一定得知道嗎？」

「喔，是嗎？」

關於一些基本事項我當然也知道。

聖杯淘汰戰簡單來說就是一種運動項目。選手遵守既定的規則互相較量，是一種安全又合法的遊戲。經由程式管理者獲得《聖杯》的認可與管控之下，參賽者可以使用威力強大的武器，甚至能夠解放寶具。

換句話說，對我這個只能在黑暗中打滾掙扎的人而言，這項活動是離我最為遙遠的世界。

「加拉哈德？連〝圓桌騎士〞都現世了嗎？出現在《秋葉原》這座城市裡？」

我不相信，太令人難以置信了。

〝聖杯騎士〞加拉哈德。他是〝湖上騎士〞蘭斯洛特的兒子，也是亞瑟王旗下圓桌騎士當中品行最為高潔的聖騎士。

（而且加拉哈德……是女的？真的假的……）

更令我大受打擊的是老師竟然完全沒向我提過她的存在。

那是因為圓桌騎士與聖杯戰爭有極深的淵源，具有強大的魔力，甚至足以影響城市運作的機能。更何況對象是〝聖杯騎士〞的話，可能造成的影響就更大了。

「那些從其他城市到《秋葉原》來的人，都不知道有多少是為了聖杯淘汰戰而來的。」

「我知道比賽舉辦期間粉絲會吵鬧喧譁，搞得鬥技場周邊的治安亂七八糟。我們可是受害者啊。」

「喔……那真是辛苦妳了。」

「再說——那種玩意兒根本就是墳場，一片大墳場。」

卡琳一臉我什麼都懂的表情看了令人厭煩，我很想趕快結束這個話題，口氣忍不住暴躁了起來，可是這的確是我內心真實的想法。

「什麼聖杯淘汰戰，真是太荒謬了！就是一場遊戲、兒戲不是嗎？我真搞不懂那些把英靈當作珍奇動物拿來取樂的人腦袋裡怎麼想的，參賽選手也被當成攬客的工具。怎麼可以扭曲英靈最寶貴的內心，或是赤裸裸暴露出來。還把他們窮盡一生學會的戰鬥技術當成一種表演，這樣對嗎？英靈已經不再是我們的奴隸了耶！」

卡琳只是看著我，毫不退縮。我又繼續講下去。

「──在場邊加油打氣的觀眾想必覺得自己好像和選手一起並肩作戰，但等到觀眾看到厭煩，他們也不會那樣想了。那些只是坐在安全地帶觀戰的人怎麼可能了解從者的感覺。」

聖杯淘汰戰就只是一齣醜陋的鬧劇，刻意讓人們對英靈產生錯誤的認知。

卡琳耐心等我一口氣說完之後，才帶著深沉的怒氣說道：

「妳可別把別人用心籌辦的工作看太扁了。」

她一把抓住我領帶的一端，用力扯了過去。

卡琳的眼眸在我面前燃著怒火。

「老實說我也沒有認真看過聖杯淘汰戰，可是繪里里，妳那種態度是不對的。」

「什麼？」

「一個人做事認不認真，怎麼可以任由他人說了算。」

「……嗚……」

我本來立刻就想回嘴，可是她的眼眸中有一種魄力，令人開不了口。

「不管是遊戲還是展示，站在場上的都是活生生的人類，使盡渾身解數想讓觀眾看得開心。那些從者也並非只是乖乖聽從命令，才過關斬將打贏淘汰賽的。怎麼？有人死了就很了不起嗎？一定要搞到國破家亡、時代變遷，沒有這種震撼力的話就是騙小孩的玩笑嗎？除了妳努力學習的人類史上所記載的工作之外，其他工作都微不足道是嗎？」

「……我沒有這麼說……」

「拜託妳，別再只崇尚那些一般民眾絕對無法了解的傳統思想好嗎？繪里里。」

「妳又怎麼會了解，像妳這樣的……**新人類**……」

卡琳倒抽了一口氣。

她的眼眸露出畏縮的神色，咬了咬嘴唇，然後微微嘆了一口氣說道：

「——是這樣沒錯。」

「…………」

我說了不該說的話，內心一股後悔莫及的苦澀情緒蓋過怒氣湧上心頭。

「……對不起，我口氣太重了。」

「沒關係啦，不用勉強道歉啦。這點事情妳就要道歉的話，以後還要怎麼說話。」

卡琳沒有流露出卑微的態度，她也明白自己平時講話多麼不客氣。

她最討厭忍耐，所以情緒經常發洩出來，我們也常常吵架。

——但我們絕不會讓失和的關係一直失和下去。

卡琳用左手抓住我的右手，用力按在她的胸口上。

之後她放開右手，向我伸過來。

「……卡琳。」

我畏畏縮縮地握住她伸出來的右手，放在自己的胸口之間。

伸手所及之處，隔著一件制服襯衫我可以感受到卡琳的心跳鼓動。

而卡琳也可以感受到我的心跳。

這是只屬與我們兩人的小小儀式——很簡單的一項約定。

我們的額頭彼此靠近，靜靜說道：

「我們會吵架，就代表還不了解吧？」

「……了解我們彼此嗎？恐怕這一輩子都很難吧。」

「這樣也沒什麼不好啊。」

卡琳咧嘴一笑。

「唉呀，以前是人家的身高比較高的說。」

「……只差一點點而已吧。」

「誰叫妳突然巨大化，一下子追過我。」

「我是成長期嘛。」

「蛤？我也是啊！」

這次連我也笑了。

——我就是我，卡琳就是卡琳。

不用分什麼新人類或是〝聖杯〞云云，我們早就已經知道彼此是完全不同的個體了。

不同的意見會有所衝突，那是理所當然的。

可是我們彼此都是唯一的，要是失去對方的話，再也找不到另一個人可以替代。

（……失去……？）

卡琳一驚，看了看周圍。我也一陣愕然，轉頭看向四周。

「……小不點跑哪裡去了？」

「呃、啊……!?」

＊

我們就在站前廣場熙來攘往的人群中和普蘭少年走失。

就在我們注意力被大螢幕吸引過去還吵了起來的時候，他不曉得消失到哪兒去了。

「識別標籤呢？繪里里。」

「嗚……其實我還沒幫他戴上。」

「不會吧，妳這笨蛋…………」

我們兩人正慌亂地你一言我一語的時候，卡琳忽然轉移注意力。

她正在默默地與靈體狀態的從者對話，也就是所謂的心電感應。

「……唉，小紅也說剛才一直在關心我們吵架的事情，沒有注意到小不點。」

唉呀……卡琳發出自責的嘆氣聲，用《令咒》顯現的右手按住額頭。

我可以想像得到紅葉內疚地垂頭喪氣的樣子。

「不對不對，這不是紅葉小姐的錯喔。啊，可是，真是糟糕了……」

我現在最主要的工作就是保護從者，結果卻……

根本和當保母沒兩樣……不久前我還自以為了不起，覺得這件工作不過只是帶小孩而已，結果沒多久竟然讓人走失，還有人像我這麼沒有責任感嗎？

按照過往的狀況，卡琳還是一樣樂觀，一邊笑著說馬上就可以找到他，然後幫忙分頭去找人。

我的胃都縮了起來，內心的擔憂程度也直線飆升。

可是花不到十分鐘，我們就找到少年了。

「……竟然在那裡……呼。」

在廣場的一角，有一名穿著夏威夷襯衫的男子正在彈吉他。那是最典型的街頭音樂家，在《秋葉原》的鬧區裡很常見。

少年就蹲在男子的旁邊，聆聽他的演奏。

可是這場路邊演奏會的客人只有少年一個人，往來的行人沒有一個人駐足，所有人都快步從男子面前走過。

我們在尋找走失少年的時候，目光總是放在其他聚集了大量觀眾、表演誇張的藝人身上，反而完全沒注意到這處角落。

吉他盒就放在男子腳邊當作觀眾打賞丟錢的地方，可是只有少許零錢與鈔票——這些實體貨幣在這座城市裡已經很少人用了。看起來他的收穫不怎麼樣。

（這是他自己事先放在裡面，用來吸引觀眾打賞的錢嗎……）

該怎麼形容那個人才好，那是一名看起來毫不起眼、留著鬍碴的男子。年齡應該也沒多大才對，大概是二十五歲到三十五歲之間。

我對那身破舊的打扮好像有一種模糊的印象。大概是我自己以前也曾經好幾次在這位音樂家的面前走過，可是從來沒有真正注意過他。

那男人一頭黑髮都糾結在一起，仔細一看眼睛是藍色的，鼻梁也很高，臉部輪廓有點像地中海系的人。

（會是從者嗎……）

我立刻想到這個可能性，可是他身旁找不到疑似是御主的人物。

吉他經由導線接在音箱上，演奏的音樂從音箱傳出。就一名街頭藝人來說，他的音量實在含蓄了一點。

我對音樂一竅不通。可是像這樣站在藝人面前當一名聽眾仔細聽，立刻就能發現他的演奏其實技術卓越又很好聽。

那是一段寂寥哀切，能夠觸動心弦的旋律。

在他身旁一直專心聆聽的少年也是被這樣的音色吸引過來的嗎？那麼他會不會是和藝術有關的從者？

這一點值得好好思考。除了遺物之外，應該還有其他提示能夠查出他的真名才對。

……只不過悲哀的是，男子演奏的曲子與度假勝地《秋葉原》明朗活潑的氣氛完全不合。我認為他的表演之所以不受觀眾青睞，最大的原因就是在此。

如果是黃昏時分的話或許還可以，可是現在藍天白雲、天氣晴朗，沒有一個市民或是觀光客會想浸淫在這種充滿哀愁、如同鎮魂曲一般的旋律當中。

「嗚哇——好像在辦喪事一樣。」

有一隻手輕放在我的肩膀上，還帶來一段尖酸的言詞。

正在彈奏吉他的音樂家忽然抬起目光，看向我以及剛才過來會合的卡琳。

他停下正在演奏的雙手，對我們說道：

「妳們是不是這孩子的同伴？他剛才就獨自在這裡聽我演奏。謝謝賞光囉。」

那名街頭音樂家對普蘭少年咧嘴一笑，少年也點頭致意。我猜他大概沒聽懂。

「是的，沒錯。他是我的同伴，一下子沒注意，人就跑不見了。」

那名男子直直盯著我看。

「……你們應該不是姊弟吧。從者也不可能擅自走失。」

他真是一針見血。卡琳走上前去理論。

「怎麼樣，大叔。你懷疑嗎？我們可是跑遍所有地方到處找他耶。」

「小姑娘，可別隨便叫人大叔喔。這一帶有些人攬客的手法相當低劣。其他有些人還會盯上一家子人，故意假裝保護迷路小孩，然後要求謝禮大敲竹槓。」

他說得沒錯，所以我先前才異常著急。

「那妳們說說這孩子叫什麼名字。要是講不出來的話，我可要報警囉。」

《令咒》在他伸出的右手上浮現出來。

那種點點圖樣是一般市民，也就是後天成為御主的人特有的紋路樣式。

（這下麻煩了……）

〝普蘭〞這個稱呼是剛剛才取的，少年到底知不知道那是我們給他取的名字，我實在覺得很不安。

看來只好把部分狀況向男子坦白，才能讓他了解狀況了。就在我下定決心的時候——

男子舉起兩手，帶著一絲嘲諷笑道：

「騙妳們的啦，開開玩笑而已。看到妳們在非假日的時候還到處閒逛玩樂，我實在太羨慕了，所以才捉弄妳們一下。」

「……信不信我把你踢上天。」

卡琳身子一旋，作勢要來個後轉迴旋踢，惡狠狠地威脅道。

「喔～～真是可怕。沒事還是別招惹ＪＫ好了。」

「人家可是ＪＣ喔。」

「妳們就是所謂的新人類啊。了解了解，原來是這樣。」

他從口袋裡拉出一個折起來的香菸盒，目光瞟了普蘭少年一眼之後，又把菸盒塞了回去。再說這個地方原本就是禁止吸菸的。

無論如何，我覺得這個男人讓人感覺很明理，應該可以說得通。

「那個……這孩子叫做普蘭，因為某種原因的關係——」

「沒關係，沒關係。」

他能從我們的態度正確做出判斷，真是省了我們很多事情。

「我們在找他的時候，是你幫我們照顧他。那這樣好了……這也說不上是什麼謝禮，我就拿這個──」

地上那個吉他箱子裡放著一個四方形的塑膠殼，我也不知道那是什麼東西，便直接拿了起來。

（這應該……是商品沒錯吧？我覺得應該是某種媒體……）

「喔，妳願意買嗎？真是不好意思呢。妳有現金嗎？如果要用結帳碼的話，就貼在那邊。」

「哇，這個不就是『CD』嗎？好好笑喔。」

卡琳看著我手上拿的東西，笑著說道。那個男人目光一變，挺起身子來。他原本蹲在地上，彎曲著修長的手腳，我還看不出來，沒想到身材還挺高的。

「不錯嘛，妳知道『CD』啊？」

「那當然，澀谷有出租唱片行啊。有些人為了追求時尚，還會把播放器掛在身上呢。我看你也別在這種到處都是街頭藝人的站前表演，乾脆去澀谷比較好吧。」

「哎呀，謝謝妳的忠告。可是《秋葉原》還是比較合我的性子。」

（嗯……？他的T恤上印著人物角色？看起來好像是動畫中的女孩子……）

我的目光停留在那人穿在夏威夷衫裡面，印有花樣的T恤上。

對了，吉他箱上好像也有類似的貼紙，而且還掛著一大堆吉祥物娃娃。

「請問……你就是……〝御宅族〞嗎？」

「對對對。」

他帶著得意的表情點頭道。

〝御宅族〞是舊世界中一群具有獨特思想、創造性以及消費文化的人們的稱呼。

這種特質對他們日常的行為模式以及生活方式影響極大，已經不能只是用『興趣』兩個字去形容了。

曾經有一段時期，他們在全球各地建立起多樣化且龐大的派系，可是因為在政治層面上毫無影響力，甚至似乎還很享受這種政治上的惡劣待遇，結果就這麼日漸衰落——噢不不，這可不是我個人的評論，而是老師的解說內容。

根據我的猜測，我想御宅族應該有點類似某種**宗教**。

而《秋葉原》這個地方過去有一段時間，對所有〝御宅族〞來說是一大聖地。

雖然這座城市如今已經變成海灘度假勝地以及魔術商品的商店城，但還有一些商店頑強地生存下來，或是販賣御宅族喜歡的骨董商品，或是提供他們聚會交流的場所。

「我的名字叫做朽目。就如妳們看到的，我只是一個不起眼的街頭吉他手。妳們常常到《秋葉原》來嗎？有沒有喜歡聽的動畫歌曲？我可以彈給妳們聽。」

他一邊說著，一邊撥動吉他弦，彈了一段很動感的旋律。

「———哇。」

聽見新鮮的曲調，普蘭少年的雙眼熠熠生輝。

然後卡琳則是爆出一陣大笑。

「啊哈哈哈，你的搭訕方法太遜了吧。」

——剛才那是搭訕嗎？搭訕是用這種方式嗎？

傳說在古代希臘羅馬非常流行，在中世紀時期曾經一度失去，可是近代時期又重新被人類發明出來的所謂自由戀愛，在新世界也還算存在。也有一些人誇張的表示，如果沒有戀愛的自由，我們將不再是人類。

可是……這塊領域對我來說如同新大陸一般，搞不好甚至比瘋掉的從者還更麻煩。

對於和我同年齡的卡琳來說，這種感覺應該也是一樣……原本我是這麼相信的，可是今天的她看起來有點令人不放心，好像在從事某種冒險一般。或者說那就是青春期特有的，喜歡扮演大人模樣的態度嗎？

「再讓我們聽聽剛才那首曲子吧。那首曲子很美啊，沒有什麼歌詞嗎？」

「有啊——就寫在那片ＣＤ裡的小本子裡。」

我把一張紙片遞給卡琳，她看了看之後有些厭煩地皺起眉頭來。

「……好……好沉重。太黑暗了……這是什麼東東，看了讓人心煩。」

歌詞裡確實盡是一些很抑鬱的詞句，也難怪卡琳直接給出這麼不客氣的負面評價。

「朽目先生……你是主唱嗎？也會唱歌嗎？」

「偶爾唱唱。那段歌詞也是根據當初作曲的印象去寫的。基本上歌詞都是即興的。」

「即興歌詞，那很有趣啊。可是……」

卡琳接受這番說法，另一方面也提出這麼一個建議。

「可是歌詞的氣氛能不能再愉快一點？讓人聽了會想要隨著旋律起舞的那種？等等，我不要動畫歌曲喔，用你自己做的曲子。」

男子隨手抓抓頭髮，笑著說道：

「哎——這可不符合我的個人特質耶。不過難得有客人點歌，我就試試看吧。」

＊

朽目演奏的樂聲再度流瀉在廣場上。

先前演奏的旋律宛如輕拂過冬天河面上的薄靄，為了符合卡琳的要求，這次的旋律則像是彈跳的皮球般一轉再轉。

曲調只是這麼一變，好像連我們所在的廣場一隅都豁然開朗一般。

後來連經過的行人都三三兩兩停下腳步聚集起來，以站在最前頭的卡琳與普蘭少年為中心，逐漸站成一個半圓。

（唔——我最不習慣這種氣氛了……）

……撇開習慣不談，我也沒有這種資格。

我開始進行戰略性撤退，一步步與眾人拉開距離，移動到一個能夠從後面遠眺他們的地方。

（可是音樂真的很了不起……這麼簡單就能吸引人心，把這裡變成一個截然不同的空間。）

——不知什麼時候，紅葉在我身旁現身出來。

她和我一樣找個不會打擾他人的地方趴了下來，一邊靜靜地傾聽演奏。

卡琳終於隨著吉他演奏踏起腳步，學著別人展開一場街頭表演。

「……卡琳那傢伙，之前還說差不多要回家了。現在在這裡跳舞真的沒問題嗎？」

我輕聲對紅葉問道，結果她擺擺頭，用鉤爪在空中刮了幾刮。

「咦，紅葉小姐妳也會彈吉他嗎？啊……妳是擅長彈古琴啊。」

老實說，我對鬼女紅葉的語言還不是完全了解。

我之所以多少能夠和她溝通，主要是歸功於佩戴在自己瀏海上的禮裝ＡＰＰ。

禮裝會根據過去我與她對話的樣本或是卡琳幫忙解釋的內容，推測紅葉說話的傾向，然後告訴我大致的意涵。這就像是即時分析手語，然後進行翻譯一樣。

如果是和紅葉對話，因為她懂得我們對話的意思，所以翻譯更是精準。

這是狂戰士職階一定會有的其中一種問題，不過我覺得卡琳好像一點都不在意。

就連身為御主的卡琳本人也說，她不是用言語去聽聞紅葉想要表達的意思，她接收的訊息並非語言，而是更初階的一種印象。

而我這個APP對問題最大的普蘭少年卻一點都不管用，老是回報給我一些莫名其妙的建議，所以我乾脆就把普蘭少年從翻譯對象中取消了。

「是喔，卡琳在學校最擅長的是舞蹈課程嗎？原來學校裡還有這種課程……啊，人群好像又增加了。」

廣場上氣氛非常熱絡，觀眾人數多到築起一層厚厚的人牆。

聚集的觀眾也被吉他演奏與舞蹈牽動，腳底下踩著節拍。

而在人牆圍起的空間中心處，卡琳全心浸淫在音樂中，把內心的激昂與喜悅直接轉變為輕快的肢體運動。

她的舞蹈又牽動朽目的吉他演奏出嶄新的旋律，他的哼唱聲如同另一件樂器般加入演奏。

然後這次輪到卡琳不落人後，她也啦啦、啦、啦啦地開始擬聲吟唱，感覺好像在挑釁說道：我是打從心裡享受現在這一刻，你就只是那樣嗎？

（……我真的比不上她啊。）

卡琳微微滲出汗珠，長髮躍動飄逸，精力十足的舞動著，連我都被她的舞姿深深吸引。

就在這時候，紅葉發出低沉的吼聲。

「什麼？不，那不是搭訕啦……應該不是吧。那是卡琳的玩笑話——」

紅葉的雙眼流露出空洞的眼神，禮裝APP從她的側臉什麼都觀察不出來。

可是就我來說，我覺得她的表情好像帶著一絲哀愁，好像很擔憂似的。

這只是我的猜想……紅葉是鬼女傳承中流傳後世的主要人物、悲劇的女主角，同時又是最終被無情殺死的反派人物。此情此景或許刺激到她也說不定。

一反我們這些外人的內心感受，卡琳輕巧起舞，吉他的旋律彷彿如輕紗般圍繞著她。

她的舞姿看起來是那麼愉悅、那麼怡然自得。應和朽目吟唱的歌詞，她的歌聲也傳遍整座廣場。

少年同樣也專心一意地聆聽，彷彿想要把所有音符都記在腦海裡一般。

在少年澄澈無瑕的目光注視下，那名男子朽目繼續彈奏吉他。可是有一件事讓我有些在意。或許是習慣的關係，他在演奏的同時卻稍微把視線移開，目光有些低垂下來，宛如不願承認自己置身在這麼一個場合般。

＊

——當天晚上。

一位令人非常意外的訪客來到我的房間。

真鶴千歲——我的親祖母。

她是第一次造訪這間房間。

當我從裝設在外面通道的監視器螢幕，發現一個身穿黑色水手服的人正仰頭看著鏡頭的時候，我還揉了揉眼睛，懷疑這是不是什麼巧妙的陷阱。

「我馬上就要回去，只是有件事想讓妳知道。」

「………」

可是來者就是如假包換的千歲。

她完全沒把我設置的魔術類保安裝置以及驅人用的結界當一回事，很自然地走進房裡。

如果有什麼指示的話，只要寄個簡訊過來，或者經由藤村老師口頭轉達應該就夠了，可是她卻特地親自過來，讓我不由得緊張了起來。

（而且撇開這件事不談，我和千歲本來就不算處得很融洽）

——肯定是和那個少年有關的事情，不可能有其他原因。

普蘭少年才剛把外帶回來的正餐吃完，我盡量挑選了一些口味不會太重的菜色給他吃。

我和千歲兩人隔著桌子面對面坐著。

普蘭少年沒有在桌旁，而是待在寬廣房間另一頭的地板上，用不太安全的方法把玩著我拿出來的玩具。

「哎呀……那架飛機，原來在繪里世妳這裡啊。真讓人懷念。」

「……嗯。」

真是大失策，這個時機真是糟透了。

因為那是少數我從《新宿》老家帶出來的其中一樣東西。

那是一架塗成紅白雙色的螺旋槳飛機模型。

Caudron C.630 Simoun "F-ANRY"，世人都知道這是聖—修伯里的座機。同時這也是我最親愛的人的遺物。

「然後呢？有什麼事嗎？」

我直接切入主題。早就知道要談什麼事，我可不想再拖拖拉拉下去。

「欸，妳們兩個——彼此都這麼久沒見面了，至少互相聊聊近況如何？」

這時候有一名西裝打扮的男子插嘴說道。

他身上穿著雙排釦的西裝背心，領子上端端正正束著一條沉穩的深紅色領帶。脫下來的西裝外套折起來掛在手臂上。

雖然他是忽然出現在現場，但卻好像打從一開始就在這裡似的。背靠著與我們有些距離的牆上，以穩重的目光凝視著我們兩人。

「…………」

千歲帶著含怨的眼神瞥眼瞪著那名男子。

「路修斯……先生。晚、晚安。」

「晚安，繪里世——這裡有好多喝茶用的道具啊，我可以泡一杯茶喝嗎？我也有點口渴了。」

「啊……嗯。可以啊，只是……可能有點舊了。」

剛搬來之後沒多久，我還興致勃勃地買了一些紅茶，可是之後就沒動過。那些紅茶似乎還在。

男子從櫃子裡取出一些茶葉罐，比了又比。

普蘭少年也放下模型走到他身旁，有樣學樣地幫起忙來。

路修斯一邊和少年有說有笑，一邊還溫吞地抱怨道。

「嗯，對了。如果可以的話，希望妳也別叫什麼先生，就像以前那樣直接稱呼我路修斯就好了。妳只對千歲照老樣子直呼名字，不覺得有些不公平嗎？」

「好、好的。」

與我緊張兮兮的態度相反，千歲嘆了一口氣，叮嚀說道：

「年輕女性生疏地和成年男性保持距離，這不是很正常嗎？請你小心，擺出太親暱的態度惹人家女孩子討厭。」

「哈哈，妳說得沒錯。我會注意的。」

遺留在男子左邊臉頰上的扭曲十字傷痕，讓我想不看見也不行。

他穿著西裝的模樣看起來雖然很新鮮，可是臉上的笑容還是一如以往。

——〝路修斯〞。

他是長年以來一直與千歲相伴至今的從者。

他也是我最尊敬的男性、景仰的對象。

和藤村老師一樣，他也是打從我嬰兒時期就認識我，是最懂我的知己之一。

而他也是我的師父，以嚴格的方式教導當時年幼軟弱的我使用防身術。

是他教導我要像一個軍人一樣，抱持著鋼鐵般堅定的信念，就算失敗也要再站起來完成目標；是他教導我失敗的價值以及勝利的脆弱。

我的思緒立刻從美化的回憶拉回現實。

「是什麼事——」

千歲白皙的指尖輕撫著茶杯，開口說道：

「我希望妳的**工作**先暫停一陣子。」

「……咦……什麼……？」

豈有此理。我的腦袋頓時一片空白。

「——不要！我絕不！」

我從椅子上跳起來，一拳敲在桌子上逼問對方。

「妳有什麼權力，做這種——」

她刻意擺出失落的表情，靜靜地啜了一口紅茶。

「……我已經和卡蓮說好了。」

這個從她口中說來好像理所當然的決定已經不可能改變。

祖母她雖然常常開玩笑，但從來不曾亂說過任何一句話。

既然她都這麼說了，就等同於《聖杯》在馬賽克市已經做出這樣的結論。

……但就算如此，我的憤怒也不可能就此平息。

要從我身上搶走工作？那我究竟是為什麼才離家出走？

我究竟是為什麼才被從者當成〝死神〞般厭惡，還一邊繼續排除他們的？

我勉強壓抑住急促的呼吸，讓起伏的肩膀平復下來，然後開口問道：

「……一陣子是多久？」

「妳就當作最少兩個月的時間，因為我有件事情要調查。」

「所以我的工作會妨礙到妳嗎？」

千歲默默點頭。

我用求救的眼光詢問和我們坐在一起的路修斯。

他也只是微微皺眉，還給我一臉苦笑。

這是他給我的忠告，想要從千歲口中打聽理由只是白費功夫。

之後千歲問了幾個關於普蘭少年的問題，可是我完全心不在焉，連回答了什麼都不記得。

聽到千歲問的都是一些不痛不癢的問題，我重新體會到她不可能會在乎區區一個從者。一切都是我自己誤會，出現在我面前的少年根本沒有什麼特別之處。

兩人離去之後，我還是瞪著他們用過的茶杯看。

如果千歲和我不是親生祖孫的話，我還不會這麼憤怒。

如果是那樣，我一定會燃起鬥志，說什麼都要擺脫強加在我身上的枷鎖，然後還以顏色。

但是我辦不到，不戰而逃的我根本辦不到。

＊

——今天真是紛紛擾擾的一天。

一天之內，既有令人愉快的邂逅，也有讓人很想忘記的遭遇。

無論如何，至少我不用殺害從者。

所以今天還是美好的一天。

我洗完澡，也把傷口處理妥當。

雖然身體很想依照每天的鍛鍊按表操課，狠狠操上一番。可是我才重傷初癒，這麼做太不智。所以我勉強做完一套伸展運動，然後早早就上床睡覺。

我身心俱疲，連打開寢室的燈都覺得懶，在黑暗中直接往床上倒去。

「欸，我可以把這裡打開嗎？」

少年嬌小的影子站在流瀉著昏暗光線的窗簾之前。

「你的說話方式還真奇怪。你是……呃，想看看外面是嗎？」

我懶洋洋地爬起來，替少年把床腳旁的窗鎖打開。

那扇窗的位置比床稍微高一點，窗外有一個窄小的陽臺，低矮的欄杆不是很安全。就算從窗子往外看，也只能看到廢棄大樓旁的小巷子而已。

在夜幕之下，少年小聲嘆了一口氣。

不過他還是蹲在窗邊裹著窗簾，讓夜風吹拂著他金色的領巾。

「因為天上有雲，沒有什麼月光，所以直到海岸邊都是一片黑暗。你可別跌下去喔。」

「我不會跌下去。」

「ＯＫ。」

我又慢吞吞地走回床邊，筋疲力盡地躺在床上。

雖然瞞過卡琳，可是我昨天晚上也一樣和少年在同一張床上休息。

因為我實在懶得從倉庫房間裡把預備用的摺疊床搬出來。就算搬出來了，床上都是灰塵，也不可能馬上就拿來用。

而且這張房間配備的大床是特大尺寸，一個人躺還嫌太大了。

「……………」

可是無論床鋪有多大，多柔軟溫暖——

每當我親手殺害英靈的時候，當天我都沒辦法好好睡上一覺。

那些被迫走上毀滅之路的英靈在最後一刻充滿詛咒的言語，總是在我耳邊迴盪不去。

「啊啊……糟糕……不行。」

一旦內心充滿負面情緒，我的身體內部就會有東西慢慢滲透出來。

那些惡靈在我的皮膚底下蠢動，又再吵著什麼時候才可以登場。

如果不裹上繃帶的話，房間裡又會血流成河。

打從出生那時候，我就苦受惡靈的折磨。教導我如何和那些惡靈妥協的人不是千歲也不是路修斯，而是卡蓮……是〝老師〞。

老師教給我的不是如何處理，而是如何妥協的方式。她也告訴我要學習放棄，不會有人來拯救我。

她說上天不是刻意用這種不公平的方式強加痛苦在我身上，而是給了我智慧，讓我了解他人的痛苦。

老師說我只需要原諒他，然後接受一切。

因為我沒有〝聖杯〞，所以才會受到詛咒嗎——

因為我受到詛咒，所以才沒有〝聖杯〞嗎——

（這種事情根本無所謂，可是為什麼唯獨只有我一個人——）

能夠讓我詢問的雙親已經不在這世上，我只能一再自問自答，重複幾百萬次。

如果想法不能正面一點的話，我就會困死在原地，一步都踏不出去。

——既然這樣，倒不如想一想千歲來找我的意義是什麼。

千歲不喜歡出門，總愛關在《新宿》的家裡，鮮少離開《新宿》。而這麼不喜歡出門的人來到《秋葉原》，這件事情本身就已經顯示出異狀有多嚴重了。

她不可能只是來和老師見一面而已。千歲關注的是整個《秋葉原》，有必要直接向卡蓮下達指令。

現在負責管理《秋葉原》的卡蓮・藤村在整個世界重新建構後初期，原本是負責管理《新宿》的ＡＩ。之後她把管理權限轉讓給低階的卡蓮系列，自己則轉移據點來到《秋葉原》。

在都市管理ＡＩ卡蓮系列機當中，層級最高的就是我的老師卡蓮・藤村。其他卡蓮聽說都是賦予了某種指向性的複製品。或許是因為這個原因，卡蓮系列每個人的個性都各自有些不一樣。

（不，應該是完全不一樣吧……我也不懂這樣有什麼好處）

期待真鶴千歲對自己有什麼親情根本是一大錯誤，絕對是大錯特錯。

我根本不打算繼續留在《新宿》的老家成為魔術師，即便目前我做的事其實和魔術師已經相去無幾。

根據我在工作上的經驗，已經了解到〝魔術師〞這種人種是徹頭徹尾的利己主義生物。有些魔術師潛藏在城市裡，嘗試用不正當的方式干涉《聖杯》。過去我和那些魔術師手下的從者交手，已經親眼見識過他們對待那些從者是多麼冷酷。

（有什麼東西在城市暗處行動嗎？事到如今她才來擔心我的身體狀況嗎……？）

說擔心是好聽，其實這種擔心也包含著利己的涵義，最終還是與她的利益有關係。

雖然我不知道千歲本身的目的是什麼，不過她是不是想要把我和卡蓮隔絕，好讓都市管理ＡＩ的負擔減輕呢……

雖然複製品人數增加，但還是處理不了。這座城市已經發出悲鳴，正在演奏出矛盾與偽善交錯的交響曲。既然這樣的話……

……那就得大開殺戒。

必須把那些壞從者殺光、趕盡殺絕、一個不留。

我開始自言自語起來。

「戰爭……還沒結束……」

我下意識地摀住嘴，這種想法太危險了。要是一個不小心，我自己都有可能被《聖杯》排除掉。

就算再怎麼煩惱，這個問題依然還是無解。為了轉移注意力，我從床鋪旁的小桌上拿起一個鑲嵌著玻璃鏡片的皮革製品。這是我連同模型飛機一起從家裡帶出來的東西，那是一副骨董風格的飛行員護目鏡，不過其實是騎車用的。

耳邊傳來一陣驚呼，讓我回過神來。

我急忙看向窗邊，半個身子探出窗外的少年就快要跌出窗外。

我趕緊爬過去，壓住他的身子。

「你這笨蛋，我才叫你小心一點——」

「我看不見天空。」

……原來他剛才是想看天空嗎？

就算上屋頂看也沒什麼差別，這裡的天空光害非常嚴重。

我愈來愈覺得這孩子的個性還挺倔的，要是放著不管的話，天知道他會做出什麼事來。

莫可奈何之下，我只好把他抱起來放在膝蓋上，一邊向後坐在陽臺邊，抓住窗簾的綁帶掛鉤，然後戰戰兢兢地把身子往外伸。

「好了……這樣應該勉強可以看到……怎麼樣？」

被大樓牆壁遮蔽分割的頭頂上，可以看到一小片夜空。

不出我所料，頭頂上只有模糊不清的深色天空。

少年一邊抓著我，一邊很吃力地仰望天空。

「…………」

「……就是這樣啦。」

他只是一個連自己是誰都不知道、手無縛雞之力的從者。

未來不知道什麼時候會變成我工作上要對付的對象。如果他真是**那樣**的話，我應該會動手殺他。

（……啊……）

淚珠從少年的臉頰上滾落。

他一言不發，身子微微發顫。

「……我會和你一起的，直到你知道自己是誰為止。」

我想都沒想過會說出這種話，就連自己都覺得這句話只是一文不值的謊言，可是少年的體溫卻讓我思緒混亂。

少年堅定地搖搖頭。

「我們沒辦法在一起。」

「……這樣啊……說得也是。」

他的眼淚是因為孤獨嗎？還是因為置身於一片看不見星星的天空下，感到很不安？

如果至少讓他在仰望的那片黑暗中，看到飛機的燈光就好了。

讓他能夠依循人們的軌跡一起劃過夜空該有多好。

可是這個新世界已經沒有飛機在天空飛了。

是《聖杯》把世界改造成這樣的。

就這樣，彼此形同陌路的兩人躺上了同一張床。白天那個怪怪又可愛的娃娃就躺在枕邊。

一夜無夢。

「再一首、再一首」
……

■ 3

——隔天。

我拜訪了某處〝情報販子〞。

與我一起前往的普蘭少年這次沒有再被拒於店門之外。

這裡表面上是招待觀光客的高級旅館，雖然不是很大間，但麻雀雖小五臟俱全。

旅館大廳是穩重的文藝復興時期風格，在大廳的一隅，有兩名禮賓接待員。

他們是哥哥〝切薩雷〞，以及妹妹〝露克蕾琪亞〞。

兄妹倆人稱〝波吉亞兄妹〞，是兩人一組的從者。

雖然外貌年幼，內心卻是城府深沉。這種類型的人我最應付不來。

他們兩人不管是身高體型與長相都非常相似，就像一對雙胞胎一樣。

這對少年少女體態纖細又楚楚可憐，給人的印象如同天使般清純無瑕。旅館的年老老闆就是他們的御主，可是誰都知道，飯店的經營事務幾乎都由這對兄妹一手操辦。對他們兩人來說，經營生意只不過是一種餘興節目而已吧。

切薩雷生前一直是羅馬教宗父親的左右手，自己也擔任大主教，權勢遍及教廷內外。而露克蕾琪亞則是以自己那副被譽為〝天上仙女〞的美貌為武器，一次又一次進行政治婚姻。最令人記憶深刻的就是任何與這對兄妹扯上關係的人，最後都會死得不明不白。

波吉亞家已經成為權謀詐術的代名詞，而他們的血統、對權力的執著與狠辣手腕在馬賽克市也發揮得淋漓盡致。

這個遠離原本的《聖杯戰爭》，生活歌頌著和平的新世界，反而成為他們最好發揮的舞臺。

「哎呀，繪里世妹妹。」

「妳好啊，繪里世小妹。」

兩隻手臂都放在大理石櫃檯上的兩兄妹對我微笑道。

「我就在想妳差不多要來了。」

「和妳一起來的小男生就是沒有飼主的從者，是不是呢？」

這種冒失的玩笑話就當作沒聽見。

少年好像很喜歡我的骨董護目鏡，直接戴在頭上就出門了。

兄妹倆一邊歡迎我們的到來，一邊無聲無息地把倒了酒的小玻璃杯放到我面前。一股蒸餾酒的刺鼻酒味飄散出來。

「……我們都還沒成年，好意心領了。」

我必須慎選說出口的每一句話，小心應對。他們又換了一杯果汁遞過來，正當普蘭少年伸手想去拿，我抓住他的肩膀把他拉到身後。

「你們兩位是不是知道什麼消息？」

露克蕾琪亞坐在櫃檯旁的高腳椅上，從容不迫地把交疊的雙腿左右交換，一邊搖搖頭。

「很可惜，我們知道的不比都市情報網更多。」

「可是呢，情報網是一回事……來。」

切薩雷把一個只有小指頭大小的記憶媒介放在櫃檯上。那上面已經用魔術鎖鎖住，如果是魔術鎖對應的人，不用藉由智慧型手機就能直接讀取內容，也就是說受到入侵的機率很低。

「這個是……？」

「這是從過去幾天到前天為止，試圖想要進行違法召喚的市民名單。我特別把召喚失敗或是召喚未遂的人挑出來了。」

「……原來如此。」

如果要進行徹底調查，這確實是首先必須調查的線索。

這原本是應該要四處奔走才能得到的寶貴情報，他卻輕而易舉就到手了。

非法召喚從者固然是犯罪，可是侵害他人的隱私在馬賽克市同樣也要處以重罰。話雖如此，要是怕被罰就猶豫的話，那還當什麼情報販子。

「……你這麼慷慨啊。」

「因為繪里世妳平時對我們照顧有加啊。」

「彼此彼此而已。」

我從他們兩兄妹手中獲取情報，代價除了付錢之外，有時候還會把我所知道城市的地下祕密消息故意洩漏給他們。

過去我曾經處理掉一些從者，在事後才發現其實那些從者對他們兩兄妹也是礙眼人物。雖然很不想承認，但我很有可能被他們玩弄在股掌之中。

所以我必須非常謹慎。

原本已經伸向那個記憶媒介的手指又抽了回來。

這道看起來非常美味誘人的誘餌裡面或許**有毒**。

「其實我今天來找你們不是為了這孩子。」

「願聞其詳。」

「千歲應該已經來找過你們了吧？可能就在昨天晚上。」

兄妹倆的反應很平淡，他們在觀察我的態度。

「——原本卡蓮有工作要交給我，可是被千歲擋了下來。所以我這邊暫時沒生意可做了，應該也幫不上你們的忙。」

切薩雷把手放在櫃檯上支頤，一邊交替看著我和普蘭少年。

「生意啊……生意是嗎……繪里世小妹，有很多人因為妳的工作而受害，也有很少數的人因妳而得利。可是呢——」

露克蕾琪亞接著繼續說道：

「繪里世，可是妳自己從這份工作當中根本沒有得到任何好處喔。妳就趁這段時間稍微試著放個假，好好玩一玩如何？」

「如果妳害怕過去扯上關係的人對妳報復，我可以介紹不錯的藏身處所給妳喔。當然價格稍微有點高就是了。」

「藏身處所……」

我很確信。

千歲確實來過這裡，而且還用半強迫的方式對他們施壓。

可是他們似乎無意隱瞞這個狀況。

這麼說來……

他們另外還瞞著什麼事。要是這樣的話，我也只能出牌了。

我煞有其事地嘆了口氣，賣關子說道：

「秋葉原百貨公司的遺物商店老闆已經**說出來**囉。昆德麗當初要找材料進行非法召喚魔術的時候，有某家**情報販子**幫忙從中斡旋。」

這不是我在虛張聲勢，而是昨天我和卡琳分開之後，又再度拜訪那家店所問到的情報。

「最近好像有新型的靈脈寄生型陷阱開始在黑社會裡流行起來，如果兩位知道詳情的話，我也想先擬定一些對策耶……波吉亞先生，波吉亞女士，兩位意下如何呢？」

兄妹倆當中，哥哥的表情稍微變得有些僵硬。

雖然都市管理ＡＩ沒有正式委託我調查，可是如果遇到非法企圖干涉城市機構的行為，能夠當場人贓俱獲，我也有很正當的名義能夠及時採取行動。

「呵呵……真是輸給妳了，繪里世妹妹。」

懶散地倚在哥哥背上的露克蕾琪亞發出幾聲輕笑。

她從哥哥的肩膀背後伸手把剛才的記憶媒介收回去，然後又遞出另一個不同的記憶媒介出來。

「…………」

些微的驚訝與不滿擾亂了切薩雷原本的撲克臉。

看來還是妹妹比較高超，看得比較遠。

「我們禮賓接待員的最高原則就是不向客人說ＮＯ。你說是嗎，切薩雷。」

「……是啊，露克蕾琪亞。當然是那樣。」

這兩個從者一直以來都在幹著如履薄冰一般危險的生意。要是我繼續追究下去，很有可能會毀了他們情報販子的生意，為了避免這件事，對方也打了一張必要的牌出來。

——那我的事情就辦完了。

我轉頭就離開大廳，一點都不留戀。

雖然這地方既安靜又美麗，卻非久留之地。他們兩人的可怕氣氛幾乎讓我快喘不過氣了。

（三名伴侶與八名子女……究竟會是什麼感覺……）

那對兄妹高深莫測，神祕又難以捉摸。特別是對那個妹妹，我不禁有這番想像。

露克蕾琪亞在歷史上一直被當成是政治婚姻的道具，可是她對兄長切薩雷以及父親教宗亞歷山大六世或許都有很深的影響力。我在想，或許過去她手中一直掌握著如蜘蛛網般錯綜複雜的絲線，在背後操縱兄長與父親也說不定。

「下次再來啊，〝死神〞小妹。」

「我們等妳喔。」

櫃檯後的兄妹倆揮揮手，目送我離開。

「再見。」

普蘭少年也規規矩矩地向他們揮手道別。

*

接著我們來到一間餐飲店，也是為了休息一番。

這裡是古書餐飲店波赫士。

店裡四周都有舊世界的書籍環繞，感覺好像置身在一片書本森林當中，是我很喜歡來的店。

一樓是咖啡座，空間很開闊，能夠盡情聊天說笑。

室內挑高的二樓則是陳列著無數書架，感覺好像連地板都可能被壓破似的。高大的書架排列起來有如迷宮一般，之間擺放著椅子沙發，每個人都能各自沉浸在文字的世界當中。

我驀然想起一件事，向溫和的中年老闆問道。沒想到老闆竟然說店內的藏書有英語版《小王子》的初版書。雖然比不上作者自己的遺物，但如果要召喚聖—修伯里的話，這件逸品確實有可能可以當作召喚媒介。

誰知即便我把那本原文書拿給普蘭少年看，他依舊沒有什麼特別的反應，頂多只知道他能夠讀寫英文而已。

少年很喜歡書中風趣的插畫，但還是老樣子不喜歡蛇。

我當然沒有放棄調查他的真名，但繼續執著在修伯里身上似乎也只是因為我自己不願意面對現實而已。

我一邊在店裡吃點輕食，一邊檢查波吉亞兄妹提供的媒介物裡面的內容。

結果裡面有一則新聞讓我的感傷一下子飛到九霄雲外去。

——那是一則關於〝劫掠令咒〞的新聞。

馬賽克市裡發生好幾起殺人案，而這些案件都具有共通的特徵。

被害者都是被人切斷身體，奪走《令咒》而亡。

雖然目前《秋葉原》這裡還沒有收到類似的案件報告，但是在其他地區已經有一般市民喪生。

新世界已經克服疾病致死以及自然死亡，所以有機會聽到的死者姓名幾乎都是殺人案的犧牲者。

即使有《聖杯》的加持，這種狀況還是無可避免。

（我一直認為自己的工作就是為了阻止這種事發生，可是……）

這些事件之所以被視為特殊問題，是因為案情都是很晚之後才被發現。

如果是凶手特意隱藏屍體的非正常死亡，照理說應該不是那麼難發現才對。因為都市管理ＡＩ卡蓮系列就是為了處理這些事情而存在的。

可是——

那些被奪走《令咒》的被害者，在接下來幾天之內還能過著正常生活。

（右手《令咒》被搶走的犧牲者都戴著手套，掩飾自己受傷的事情沒讓周圍的人知道……可是在這段時間之內又沒有使用《令咒》的紀錄……）

甚至連被害者與同居人的對話，以及一些沒有重點的閒聊都有紀錄保留下來。

無論如何，《令咒》顯現部位的傷痕都用很巧妙或是很隨便的方式隱藏起來。

事情爆發出來演變成案件的時間點，都是被害者在路上忽然停止活動昏倒的案例居多。

或者是生活當中需要用到《令咒》，這時候才被其他市民指出傷口部位有異常，之後被害者就會立刻倒下。

（是麻痺痛覺的藥物嗎，或是非常強力的催眠？不，甚至有報告提到被害者的傷勢完全是致命傷，連四肢都缺損了！喉嚨被挖掉一大塊，這怎麼可能……那就是說……）

我感到一陣毛骨悚然。

早在《令咒》被搶走的當下那段時間前後，被害者就已經死了。而被害者的屍體不知道為什麼，之後還繼續依循本人的生活方式繼續扮演下去。

這種異常的案件前所未聞。因為狀況太過可怕，我連眼前的餐點都吃不下去了。這應該是從者或是魔術師下的手。如果犧牲者喪生與案件爆發有時間差的話，不管哪一個都有可能。

搞不好《秋葉原》這裡可能已經有人犧牲了！我怎麼能坐視不管。

我吞了一口唾沫，忍不住環顧整間餐飲店。

目光不禁凝視著那些戴著手套或是衣服穿得特別多的客人。

恰巧一名客人手上浮現出的令咒映入我的眼簾。

那名客人只是在和自己的從者通訊而已。

聽說過去的《令咒》與新世界的《令咒》有很大的不同。

在原本的《聖杯戰爭》當中，《令咒》的使用次數有限制，有設定總共幾個筆劃。

一般來說御主被賦予的《令咒》都是三劃，一筆劃只能使用一次魔術。也就是說最多好像就是用三次，用起來非常不方便。

新世界的《令咒》在性質上則是有很大的改變。

首先《令咒》沒有分筆劃。乍看之下好像還是三劃，可是實際上是由更細微的圖樣所聚集而成。根據魔術的耗用魔力多寡，消失的程度也有經過調整。

最大的不同就是消失的《令咒》會經由《聖杯》供給魔力，過個幾天時間就會恢復。市民當中有些人天生就有魔術天分，所以回復速度有比較快的傾向，不過大致上不會差太多。

另外《令咒》的用途原本就如字面上所示，是讓從者能力更加強化的命令行為。可是因為御主與從者的關係已經改變，現在已經不再追求從者的效率，所以《令咒》多了另一種用途，那就是當作御主向自己使用魔術時的魔力來源。應該說現在這才是《令咒》的主要用途。

馬賽克市的市民當中，只有兩個人沒有這種後天得來的《令咒》。

那就是我宇津見繪里世，以及真鶴千歲。

可是千歲身上有她過去在《聖杯戰爭》中得到的舊式令咒。

在日常生活上有所不便這一點，或許我們兩人都一樣，但總之她還是擁有《令咒》。

＊

餐飲店裡又走進幾位客人。

他們是三人組，其中兩名身材高䠷，另一個則是個子嬌小的女孩。

那個女孩與站在前頭的男子有說有笑，身上披著一件我最近才看過的白色外袍。

「啊……小春……同學？」

「……！」

正在環視店內的女孩立刻也發現我的存在。

普蘭少年就坐在我身旁，看起來更加惹眼吧。今天她沒有戴帽子遮住臉龐。

與她同行的兩名男子身材都很壯碩，散發出與眾不同的風格。

一看就知道他們倆都是從者。

站在前頭的是一名生氣勃勃的壯年男子，擁有小麥色的皮膚，嘴邊還蓄著飽滿的鬍鬚。

另一個人則與壯年男子呈現明顯的對比，是一個看起來有些憂鬱的白皙年輕男子。缺乏色素的蒼白長髮在後腦勺隨意紮在一起。

「妳們認識嗎？小春。」

壯年男子一邊把滑下來的圓框眼鏡推了推，一邊向少女問道。

「啊，是的。她是我參加的學養講座的學生──」

「那個人可是〝死神〞啊，太靠近的話，靈魂可是會被她收走的。」

「……加拉哈德……」

年輕男子插嘴就語帶嘲諷，少女出言糾正他。

挨了罵的年輕男子裝作滿不在乎的樣子，移開視線。

她的印象和在教室的時候差滿多的。而且更重要的是……

（他叫我〝死神〞……那個人就是加拉哈德嗎？和我在街頭大螢幕上看到的女騎士長得不一樣……沒錯，和小春不一樣。）

「喔，那就是小春的同學囉。可以介紹給我認識認識嗎？」

壯年男子很親密地向小春說道。

他確實是叫那個女孩小春，那女孩有些猶豫地點了點頭。

我們一行人換到離店門口較遠的圓桌。

坐在小春身旁與我們正面相對的壯年男子穿著獵裝襯衫，搭配一條半長褲，看起來十足度假風格。毛茸茸的粗壯手腕重重擱在桌子上，笑咪咪地看著我和普蘭少年，與圓框眼鏡知性的氛圍形成一種有趣的對比。

那名男子加拉哈德則是一臉毫無興趣的樣子，坐在桌子角落，身子微微靠在椅子上。他穿著青紫色，或者該說是深紫色的禮服襯衫，配上一條黑色的窄管牛仔褲，襯衫袖子捲到手肘處，裸露出來的手腕以及寬鬆開襟露出來的胸口顯得更加白皙。

其他客人注意到他們進入店裡，雖然與圓桌保持一段距離，但不時瞥眼看向這裡。太明顯了，連我都看得出來。

（真……真是尷尬……）

真不愧是知名人士，淘汰戰的明星選手。

先前我對連續殺人案件的恐懼與焦慮就像是砰的一聲闔上的書，慢慢收進暫待處理的書架上。

男子帶著和善的笑容，探出身子來說道：

「太讓我驚訝了，沒想到小春的同學就是那位〝死神〞啊。」

「能、能與漢尼拔先生同桌，我也感到很光榮。」

聽到第一次見面的人稱呼我為〝死神〞雖然讓我有些失措，但我是打從心裡真的覺得很光榮，即使對方是在〝聖杯淘汰賽〞裡出場的選手。

「漢尼拔先生在我所屬的小隊裡擔任指揮官。」

小春戰戰兢兢地補充說道。

「小隊……那麼接下來的淘汰賽就是小隊戰囉？」

漢尼拔得意洋洋地交抱起手臂。

「沒錯。畢竟新人淘汰賽的優勝霸者已經加入我軍，再也沒有比這更令人信心百倍了。」

「漢尼拔！不……你這樣講……我不敢當。」

小春紅著一張臉，整個人都縮了起來。

要是天下知名的名將這麼看重我，我也很不敢當。

（我懂，我很懂……還有妳也會露出這種表情啊，真讓人意外……）

「根本就是老爺爺和小孫女，不管是老人看護或是帶小孩，我可都敬謝不敏。」

加拉哈德在一旁冷嘲熱諷。

小春咧嘴露出一口白牙，對她的從者怒目相向。

一聽之下，我才知道漢尼拔的御主為了迎接比賽，正在和敵隊方的御主討論條件。

他們在這段休息時間在小春的帶領下來到這間餐飲店。擴大從者單獨行動的權限也是《令咒》的主要使用方式之一。

這一桌的情報量實在太多，讓我還有點不知所措，也不知道該說些什麼話才好。

因為直到昨天為止，我對聖杯淘汰賽根本一點興趣都沒有。

「…………」

我小心翼翼地偷眼看向聖杯騎士。

他吃飯的時候依然還是一副對人愛理不理的態度。自己點的烤牛肉與約克夏布丁也沒什麼動過，只是把紅酒一口一口往嘴裡送，和食欲旺盛的漢尼拔完全是兩樣。

如果小春一直有在舊人類史講座上課，就代表加拉哈德也化為靈體一起待在那間教室裡。所以他認識我，還在我一無所知的情況下彼此錯身而過。

「妳有這麼餓嗎，〝死神〞？想吃的話就給妳吃。」

加拉哈德說著就要把盤子推過來，小春馬上伸手制止他。

……該怎麼說呢，我覺得她也挺辛勞的。

卡琳說過的話又在我腦海中浮現——『一個人做事認不認真，怎麼可以任由他人說了算』。她是這麼說的。

有些從者已經很適應和平新世界的環境。

另一方面，也有一些英靈過去戎馬一生，把人生都奉獻在戰場上。

是不是所有人都認為已經受夠戰爭，或者內心仍然渴望著鮮血，每個人的想法都不一樣。

漢尼拔將軍似乎屬於後者的樣子。換句話說，這應該就是〝聖杯〞對他的御主所揭示的命運。

聖杯淘汰賽就成為那些想要充分發揮自己的實力，獲得激揚感以及名聲的人短暫開放的戰場。我認為這也算是一種自由的生活方式。

（可是或許只有小春她……不一樣）

＊

少女〝小春・F・萊登佛斯〞的出身來歷，在大會提供的情報中雖然沒有公布出來，但我已經查出一點東西了。

——〝萊登佛斯家〞是魔術師世家，屬於〝時鐘塔〞的降靈科這一派系。

和那些在魔術協會裡有如神明般高高在上的魔術師比起來，萊登佛斯家比較沒那麼高貴，繼承的傳統也更淺得多（不過也有幾個世紀之久）。即使如此，他們似乎也甘於接受現在的立場，繼續在貴族主義的派閥中占據末席之地。

而這個萊登佛斯家正是主辦聖杯淘汰戰的發起人。

也就是說，萊登佛斯家自己率先打破禁忌，把魔術協會的最高原則『隱匿神祕』推翻了。

我很好奇在《聖杯戰爭》結束之後的新世界，他們在心態上產生什麼樣的變化。可是在我調查的過程中，更令人注意的是萊登佛斯家所研究的魔術是創造人工生命體〝人造人〞。

我先前一直深信年幼的小春是新人類，可是如果她冠著萊登佛斯的姓，那麼這項前提就會改變。

我和他們一同用餐，雖然有些事情掛念在心，但仍然很珍惜聆聽漢尼拔說的一些故事。他告訴我們自己率領的軍隊經歷過的一些相當殘酷的失敗經驗，中間還穿插著一些聽了令人冷汗直流的玩笑話。

一直聽得津津有味的普蘭少年這時候忽然問了這麼一個問題。

「戰爭？」

別說是我，就連漢尼拔與小春、加拉哈德都帶著愕然的表情回望少年。

「戰爭是什麼？」

「不，戰爭就是……戰爭啊……」

我本來想要打個圓場，可是這句話根本不算是回答。

竟然有從者不知道何謂『戰爭』，這件事讓我們深感不安。

「會殺人對吧？」

「……嗯，會殺喔。當然會殺人。殺到令人不忍卒睹的程度。」

漢尼拔用溫和的口氣向普蘭少年解釋，圓框眼鏡後的眼眸同時冷冷地凝視著他。

「可是人類永遠不會厭倦戰爭，戰爭與人類就是這麼密不可分。」

人類史上沒有一天不在戰爭。

（不知道戰爭是何物的英靈……怎麼可能存在……）

我本來期待加拉哈德能用令人不悅的嘲諷轉移話題，可是就連他都一臉難堪地閉著嘴不說話。

眾人注視少年的目光太嚇人，我假意請名將多講一些奇聞軼事。這種時候我就巴不得平時聒譟的卡琳能夠在場。

這時我注意到小春若有所思地低著頭。

我驀然向她張開嘴，話卻沒說出口，可是她立即便察覺我有話要說。

「有什麼事嗎，繪里世同學？」

「……小春同學，妳──」

少女舉起一隻手，委婉地打斷我的話。

「請叫我小春就好。和各位比起來，我還只是後輩而已。」

「……是嗎，這樣啊……」

就在我們這幾句對話當下，我已經把剛才差點脫口而出的問題又吞回肚子裡去了。

（不行，不可以——這種事絕對不能問出口。怎麼能問她，妳是不是人造人……）

這種問題惡劣至極，就像把侵犯隱私、歧視與自私好奇心的汙水一口氣全部往人家身上潑。一旦對某人有興趣，就想打探有哪些弱點可以進行攻擊……自己這種壞習慣真是太要不得。

「……小春……的戰鬥我有在螢幕上看到，就是那場新人淘汰賽。真的好精采。面對那些各個本領高超的對手，竟然還能獲得最後的勝利，我認為無論搭檔的從者再優秀，這也是很不容易的成就。」

「謝……謝謝誇獎。」

少女低下頭，滿臉通紅。

「我知道當時的戰況對我有利，我的運氣也不錯……但我也覺得很高興……」

在小春燦爛的笑容底下，看得出她以自身為榮的自信心。

像這樣一個個性坦率的女孩，我也打從心底想為她祝福。

雖然這番讚美有一半都是向某人現學現賣，可是後來我重新看過比賽影片，也真的覺得很佩服。

小春一邊低下頭，看著自己交碰的指尖，滿懷歉意地說道：

「昨天……我對繪里世同學的態度有些冒失。」

「啊，沒關係。無論是誰，要是時間不夠的話都會覺得很焦急嘛。」

「是，我昨天確實沒什麼時間……所以才忍不住……」

她仍然保持謙虛的態度。

「…………」

我一個不小心就得意忘形起來，這種事可不能告訴卡琳。

小春雖然年幼，卻展現出一名戰士的矜持，所以我也不禁敞開自己的胸懷。

「我在想，如果方便的話可不可以請妳告訴我……」

告訴我在鬥技場上看到的那位鎧甲女騎士的事情。

我覺得或許她和我那種受到詛咒的體質有關係也說不定。

「現場解說的人也提到過妳的〝英靈附體〞，請問那是——」

「〝英靈附體〞是嗎？那是——」

少女有些躊躇，往自己的從者瞥了一眼。

「哦，小春，妳等一下。還有繪里世，妳也暫時別急。」

一直帶著和善表情看著我們的漢尼拔這時候忽然插嘴，因為他嘴裡還有食物，講起話來含糊不清。

「——如果妳對她的絕招有興趣，當然是直接親眼目睹最好。我們不是陳述紀錄的文官，而是舞刀弄劍的戰士啊！妳就來羅馬競技場一趟吧，來場上觀看我們的戰鬥。再過不久，下次的比賽就要舉辦了。」

「咦，你是要招待繪里世同學進場嗎？可是我聽說觀戰票已經賣光……候補名單也大排長龍——」

應該已經沒辦法用正規管道取得觀戰票了不是嗎……看到小春說得循規蹈矩，漢尼拔一邊哈哈大笑，一邊提醒她凡事都有後門可鑽。

我就這樣和小春．F．萊登佛斯互相交換了私人的聯絡方式。

小春承諾要是拿到招待票就會聯絡我，其實就連她自己都覺得有些疑惑。

不只是她，連我也覺得有些跟不上事情的發展。

（人家都這樣說了，事到如今我怎麼能說自己沒興趣現場觀戰……）

那個男人這時候又對呆愣愣的我潑冷水。

「和老賊混在一起可是會提早老化的喔，〝死神〞。」

「……加拉哈德……先生？」

「何必憋在心裡，想問什麼就問吧，別客氣。妳和〝聖痕〞是熟識，反倒是小春對妳好像也是念念不忘。」

「………………」

我頓時詞窮，不知該說什麼好。下一秒鐘——

喀的一聲，少女把手中緊握的叉子往下用力一揮，插了下去。

叉尖對準加拉哈德放在桌面上的手背。

事出突然，我和普蘭少年都嚇得睜大了眼睛。

一般人類揮舞的武器在從者眼裡就像靜止不動一樣。

我還以為加拉哈德會若無其事地避開叉子，豈知聖潔的騎士竟然文風不動，連眉毛都沒挑一下。

叉子在千鈞一髮之際，刺在他手指之間的空隙。

「這位淑女真是不懂禮數，圓桌都被妳刺傷了。」

「……我會賠償。」

少女為自己的失禮道歉，閉著眼睛低下頭。

漢尼拔似乎對同僚之間的爭吵充耳不聞，起身離席說道：

「——吾主在呼喚我，我必須得離開了。」

這麼說完之後，他們一行人把費用連帶賠償金額一併結清，然後快步走出店內。

＊

還留在店裡的我想像著漢尼拔將軍的御主會是什麼樣的人。對方和漢尼拔將軍是藉由〝聖杯〞揭示的命運而結合在一起的人，個性會和機靈又豪邁的漢尼拔相同嗎？或者完全相反，是個冷靜又嚴酷的戰略家呢？

（御主與從者……）

那是一種從第三者看來很難以理解的關係，就如同小春與加哈拉德一樣。

我一邊想把思緒轉回先前的案件，可是內心又有一件事情揮之不去。

……不，應該不會吧。是我想太多了。

要論戰鬥競技的話，馬賽克市當中少有人能與他們相比，這種擔憂當真是杞人憂天。可是……

加拉哈德叫我有話別憋在心裡。雖然猜得出來他是指我想問小春出身來歷的事情，但不知為何，我覺得他這句話好像推了我一把。

（雖然千歲與老師都要我別插手，但我還是沒辦法袖手旁觀——）

我也沒深思熟慮，就把普蘭少年暫時交給餐飲店的老店主照顧，趕緊衝出店門口。

我僥倖在前往羅馬競技場的路上趕上他們三人。

我喊住他們，氣喘吁吁地提出請求。

「既然各位都知道他們稱我為〝死神〞，可不可以聽我一個忠告。」

我一邊注意別粗心讓周遭的人聽到，一邊把事情的來龍去脈告訴他們。

也就是我剛剛才知道的〝劫掠令咒〞的相關情報，這些情報就連都市情報網都還沒刊登新聞，市民都還不知道。

馬賽克市各地正發生隨機殺人事件，事件的結果就是契約從者消失，成了犧牲品。

「更詳細的情報……就在這個媒介當中。」

「真的可以讓我知道嗎？」

我暫時解開媒介的祕鎖，當場就替換成小春個人用的符號。

小春畢恭畢敬地伸出手，收下那個記憶媒介。

「非常感謝妳，繪里世同學。」

「……嗯。」

雖然我不敢說已經完全說服他們相信我的說詞，但他們沒有把我說的話當笑話，很認真地聽我把話說完。

「就算這座城市還沒有發生案子……但不可否認觀眾有可能會遭遇危險。實際做起來可能有難度，不過我會和警衛人員討論看看。」

「就拜託你了，漢尼拔先生。」

「無論如何，羅馬總是必須毀滅的嘛！」（註1）

歷史知名的名將一邊摸著下顎的鬍鬚，一邊露出充滿霸氣的微笑。

「這、這句話應該不是漢尼拔先生你說的吧……」

「唔？難道繪里世是站在羅馬那邊的嗎？這樣可不好喔！」

註1　這句話原本是「迦太基必須毀滅」，出自羅馬共和國的政治家加圖。第二次布匿戰爭後，加圖認為迦太基未來可能成為羅馬共和國的威脅，強力主張消滅迦太基，因此在元老院的任何演說中，最後都會補充一句「迦太基必須毀滅」。

「我們下次對戰的對手不是羅馬帝國相關的人啊。」

小春歪著腦袋，一臉茫然。

「別理他，用不著和老頭子的個人笑話梗認真。要不然他會一直說到妳耳朵長繭。」

加拉哈德還是老樣子。

請妳務必來現場觀賞淘汰戰，繪里世同學。

小春最後說完這句話後，一行人再也沒有回頭，回到屬於他們的戰場上。

城市管理ＡＩ人形終端機

〈秋葉原〉管理者　卡蓮·藤村 & 卡蓮系列機

4

——自從千歲禁止我從事〝死神〞的工作之後，已經過了幾天的時間。

昆德麗事件解決之後，老師卡蓮・藤村再也沒有正式委託我任何一件工作。

我也沒有辦法從城市情報網優先取得情報了。

《秋葉原》都市結界放置的重要基礎點不讓我進去，就連多數靈脈集中的神田明神、湯島聖堂周邊一帶我都不能自由進出。

突然被人踢出門外的我就只是一個不上學的小孩，而且還帶著一個真名不明、沒辦法轉變為靈體的棘手從者到處跑。就連看門狗的工作都做不好，我現在只是一頭失敗的喪氣孤狼而已。

幸好這座城市是繁榮鼎盛的觀光城市，只要拿平常穿的度假裝兼泳裝搭配其他衣服穿，輕而易舉就能融入觀光客的人群當中。

只是這種感覺真是不太好受，不管做什麼事都坐立難安。

〃劫掠令咒〃案件後續的情報也杳無音訊。

我最掛心的是這個案件直到現在仍沒有浮出檯面成為公共事件。直覺告訴我，絕不是因為事件已經解決，所以沒有公諸於世。只是暫時偃旗息鼓而已。

在《澀谷》已經有「尋找失落的手腕的女人」或是「手腕女」之類的傳聞出現。在學生之間已經變成一種小型的都市傳說了。

像這種傳言很容易弄假成真，我個人希望不要再傳下去，真的不要。反正到時候要收拾善後的人還不就是……不，我連那方面的工作都沒得做了。

＊

就是因為這個原因，所以我每天的工作就是帶著普蘭少年在街上四處閒逛。有時候逛一逛還會發現千歲留下的些微蛛絲馬跡。我還想過乾脆離開《秋葉原》，到別的城市去算了。

少年對很多事情都感興趣，我也慢慢了解他有這種傾向。

街頭藝人的表演、路旁的歌手、快速繪畫的藝術家，他最喜歡接觸這種能夠親身感受的經驗，常常駐足觀看。

因為之前遇到過街頭吉他手朽目的關係，所以我也帶他去〝御宅族〞的店裡看過。除了大量的美少女商品之外，還有其他男生喜歡的玩具或是角色商品陳列得滿坑滿谷。可是他似乎對這類東西沒有什麼興趣。

（他比較喜歡具有原創性的〝人事物〞……不喜歡商品或是製品嗎……）

每次當他用瞇著眼彷彿看著遠方什麼耀眼事物出神，那雙眼眸總是在追逐著陌生的〝人〞。

……可是當他來到專門販賣天文望遠鏡的地方時，反應就不一樣了。他坐在一張擺明就是人造製成品的天體照片海報前，一坐就是幾十分鐘。

「木星的照片？」

「這個**眼睛**啊，不管我到哪裡都一直看著我。」

「眼睛？喔，你說大紅斑啊。」

「這顆星星真的非常大，非常大……」

少年身子一抖，把戴在頭上的護目鏡拉下來，隔著鏡片又繼續注視牆壁上的海報。

「…………星星是嗎……」

是因為我念《小王子》給他聽，對他造成影響嗎？雖然原本就看得出來他對天體星星有某種執著，可是造訪星星的故事真的是從他內心裡誕生出來的嗎？

或者說……這怎麼可能，才不會有這種事。

我一邊觀察他，一邊謹慎小心地說給他聽。

「這張海報已經是很久之前的照片了，是大戰之前的。木星上現在沒有大紅斑，已經變小消失了。」

「喔……」

少年露出非常溫柔的表情對海報上的星星微笑。

「它是不是睡著了呢，希望還有人來找它玩。」

＊

——就這樣，聖杯淘汰賽的開幕日到了。

雖然沒有特別期待這一天，但我依然還是站在羅馬競技場之前。

羅馬競技場位於《秋葉原》的外緣地帶，面對著大海。

巨型的體育場館散發出強烈的存在感，周圍的大樓相形之下顯得矮小許多。一個個好比大樓般高的拱門或三層、或四層相疊在一起形成橢圓形的厚實牆壁，把內部寬廣的鬥技場包圍起來。

這片空間單純就是讓人類互相較量而打造出來的。在古羅馬時代，這項〝娛樂活動〞就是賦予市民的正當權力，古羅馬詩人也曾經說過這是〝麵包與馬戲〞。羅馬競技場更是最具代表性的象徵。

和我一起來觀戰的同伴有普蘭少年以及卡琳。

令人感動又頭痛的是，招待票那麼貴重，小春竟然幫我準備了四個座位。

因為這是雙人票，本來就是為了讓觀眾帶從者一起參加的。如果能夠化為靈體的話，從者就不需要票券。但就是因為看轉播不夠滿足，特地來現場觀戰的，所以基本上還是一個人兩個座位。可是……

「還是沒來……」

開場時間都已經過了二十分鐘，伊人仍然讓人望穿秋水。

羅馬競技場有好幾處入口，每一個都已經大排長龍，擠成一團。照這樣看來，我們可能來不及在比賽開始之前入座了。

來不及入座也無所謂，但卡琳耐不住性子，大聲喊道：

「好，OK！我們進場吧！」

「哎唷，真的好嗎？妳不等了嗎？」

「我說好就好！那傢伙，竟然給我放鴿子……」

這個讓我們白等一場的人就是那位充滿頹廢氣息的吉他手杇目。

當時我手上收到四張票，想著要怎麼利用，所以就試著聯絡身邊比較親近的人。結果卡琳自己興致勃勃，馬上就一口答應。可是她的搭檔紅葉卻婉拒來觀戰，所以就多了一張入場券。

幾天前，我和卡琳又在《秋葉原》其他路上遇見杇目。

他的表演風格還是一樣沉重，路上的行人根本沒人向他看上一眼。卡琳看不下去，上前又是一頓教訓，而這就是事情的開端。

「欸，我說杇目先生。你要不要看看聖杯淘汰賽的場內表演，拿來當作參考？」

「啊？我只要有知音人願意聽我的演奏就好了……」

「你還自以為是什麼大音樂家啊？到墳墓裡去扯啦，看我不宰了你！」

在這番單方面叫罵的對話中，最後卡琳從我手上搶過一張票，往杇目留著滿嘴鬍碴的臉上扔。

卡琳內心真正的打算究竟是什麼？是擔憂朽目身為音樂家卻沒人欣賞，或者本來就有意邀請他來看比賽？我雖然是〝死神〞，卻不是沒良心的魔鬼，所以也不會再進一步深究。

……可是卡琳的打算卻落了空。

我拉著普蘭少年的手，跟在氣沖沖的卡琳身後進場。

一行人好不容易才走到場內的指定座位。

運動場內部很寬廣，呈現立體構造，看起來既新鮮又有趣。

今天進場時特別擁擠的原因，好像是因為入場的時候加強檢查手提行李以及搜身。對於工作人員盯上的觀眾，甚至還會檢查當事人的《令咒》。在各處站哨的武裝警衛人數也相當醒目。

（要是他們要檢查我的令咒，我也會挺麻煩的……會不會是因為拿招待票的關係，他們才直接放我進場？）

這麼一來，也不枉費我直接向漢尼拔提出警告了。主辦單位獨家掌握到在其他地區發生的隨機殺人案件情報，可能也不得不採取什麼對策。

「嗨，讓妳久等啦！」

卡琳和與她一起同行的普蘭少年回到座位來。

他們懷中抱得滿滿的，都是裝著堅果的袋子以及飲料，然後把一根剛做好的熱呼呼熱狗丟給我。

「這就是『麵包與馬戲』當中的麵包啊……欸，燙……好燙。」

「馬戲就是指半場休息時間的表演嗎？好像還有小店是賣粥飯的，我不曉得好不好吃，所以就沒買了。」

「喔……有粥飯啊……你怎麼這身模樣……」

少年一臉莫名其妙的表情，身上從紙做的帽子到大聲公話筒之類的加油道具一應俱全，看來已經準備就緒了。

我忍不住噗哧一笑，卡琳也一臉得意地笑了。

她現在未免太享受了吧，剛才怒氣沖天的模樣早就拋到九霄雲外去了。這種快速轉換情緒的本事真值得我學習。

觀眾席排最邊邊的座位旁邊還空出一大塊緊急用空間，連紅葉那巨大的身軀可能都塞得下去。像這種空間或許就是為了身形比較大的從者特地準備的。

正在等著，場內的音樂音量忽然變大，演奏出的音樂令人熱血沸騰。看來我們進場的時機正好。

音樂一下子安靜下來，看準場內歸於寂靜的瞬間，大會廣播傳了出來。如果是原本的羅馬競技場，眼前下方最前排的座位應該是貴族的座位，現在那裡卻迸出魔術的詭異光線，向前方延伸而出的伸展臺上，一個嬌小的身影向前走去，展開一對羽翼。

同時會場上的主螢幕以特寫鏡頭照出一名身穿希臘式白色罩頭衫的少女（……或是女人？）

『我可愛的小豬們，讓你們久等了！』

超大音量的開場問候響遍整個競技場。

『今天是聖杯淘汰賽的海戰舞臺第一次在觀眾面前登場。沒錯，說到海就會想到我，今天就讓大魔女〝喀耳刻〞來為各位進行實況轉播吧！』

很快便有觀眾報以如雷歡呼，彷彿要誇示自己有多麼期待一般。當中甚至有些觀眾還大聲用不堪入耳的言詞戲弄轉播者。

『ＯＫ，ＯＫ。我愛你們喔！好了，在介紹我們光榮的參賽者之前，先來讓各位認識今天的兩位現場解說人員。』

隨著轉播者的話語，兩名身材高大的男子走上伸展臺，向觀眾揮手致意。

『擔任東軍〝鄂圖曼〞方海盜軍團的解說人員就是這一位！海盜中的海盜，加勒比海的紳士！

——黑鬍子〝愛德華・蒂奇〞！』

『就是老子！』

雖然場內噓聲大作，可是高舉手臂的黑鬍子本人好像一點都不在意。

『大家都認識他吧！那就來介紹下一位！』

『妳太差勁了吧！』

『擔任西軍〝迦太基〞方海盜的解說人員就是海軍將領的霸主！要是沒有他就沒有羅馬帝國的存在，而是克麗奧佩脫拉掌握的托勒密王朝取而代之吧！他就是——第一任羅馬皇帝的心腹大將〝瑪爾庫斯・維普撒尼烏斯・阿格里帕〞！』

（——阿格里帕！就是那個在那場有名戰役〝亞克興海戰〞中獲得勝利的指揮官。）

原以為阿格里帕也會回應觀眾熱情的歡呼，豈知他竟然逼問擔任轉播人員的魔女：

『……欸欸欸，我什麼時候變成解說人員了！你們昨天晚上突然說要招待我，我才來做客的，結果竟然是來當解說，這太莫名其妙了吧？』

『哎呀，其實我們原本是拜託亞歷山卓的〝歐幾里得〞，結果他臨時說不來了。降臨者就是這樣說變就變，真讓人傷腦筋啊。』

『我說妳們啊……怎麼偏偏叫我一個羅馬軍人來替迦太基方解說？還有那些畫家從者，別拿我的臉來畫素描！』

阿格里帕一看就知道是很頑固的人，在小魔女百般懇求之下，這才心不甘情不願地接下解說人的任務，惹來觀眾席一陣笑聲。

『請各位各自轉好頻道，享受自己喜愛隊伍的解說吧。觀戰的時候要是肚子餓了，不妨嘗一嘗麥粥如何？』

「…………這……這個……」

卡琳在一旁捧腹大笑，我卻整個人呆若木雞。

這段表演完全把驕傲的英靈當作**笑柄**，俗不可耐。觀眾根本分不清楚哪段是突發狀況，哪段又是套好的表演，虛虛實實的演出品味叫人不敢恭維。比賽還沒開始，我已經開始擔心自己還看不看得下去了。

（就算再低俗，還是把比賽看完吧……這種機會搞不好不會有第二次了）

我這次來觀戰其實有兩個目的。

第一個目的是想調查小春那招英靈附體的祕密。她雖然謙稱自己只是年輕小輩，但絕不喜歡表現出一副卑躬屈膝的低下姿態。這番志氣以及當她看著戰友同袍時的眼神，也讓我覺得頗有感觸。

另一個目的，就是那些戰士們在鬥技場裡發揮出的那股非同小可的魔力。特別是寶具的威力更是讓我瞠目結舌，感到強烈的威脅。為什麼那麼可怕的力量不會受到限制，能夠自由發揮，我實在百思不解。

馬賽克的市民與真正意味的御主不一樣，市民沒有魔術師那種家族血脈世世代代的遺傳性傳承，也沒有辛苦修煉而激發的《魔術迴路》。當然也不會有什麼世代單傳的《魔術刻印》。

他們施展魔術的能量，也就是魔力，是《聖杯》藉由都市中的靈脈所提供的。那些從者也是一樣，如果只是存在於現世，過著日常生活的話，不會有任何不便之處。

但如果要施展大型魔術，或是發動像寶具那種需要消耗大量魔力且無法進行微調的魔法，那就很困難了。如果硬是要做，甚至還會危及御主自己的性命安全。

我在**工作**中遇過的，大概都是那些為了某種欲望，不惜賭上自己性命去使喚從者，因而走上旁門左道的市民。

聚集在這處羅馬競技場參賽的選手，他們的御主究竟是原本就具有魔術師的潛力，現在讓這股潛力完全發揮出來？或者我先前看到的畫面，只是製作單位用加工技術改得很炫爛奪目而已？我就是想查清楚這件事的真相。

「……啊……紅葉小姐。」

鬼女紅葉忽然出現在人聲鼎沸的觀眾席旁那處原本空無一人的空間。她低低地側躺著，好像很擁擠似地縮著身子，一邊還和坐在一旁的普蘭少年對看了一眼。

我稍微鬆了一口氣，目光再次轉向競技場內。

這片場地大得離譜，長邊方向前後有兩百公尺長。觀眾上方各處都有半透明的螢幕飄浮在半空中，把戰場內的景象放大出來。

鬥技場那橢圓形的平坦場地終於有了變化。

場地中央出現幾道裂縫，一邊規律地相互連動，一邊形成高低差很大的地形。滾滾海水流進場地中，岩礁也浮出水面。

兩艘槳帆船從場地兩端打開的斜道，逆著海流乘風破浪而來。

船體一瞬間衝上半空中，有如躍出海面的巨鯨，重重落入海面上，激起漫天水花，開出美麗的水冠。不只如此，還有幾艘船以及小艇跟隨其後，兩軍都形成一支艦隊。這番表演完全是最先進場地設備營造出的成果，完全沒有用到任何魔術。可是這應該不包括水面下那蠢動的巨大生物的影子。

『讓各位久等了！模擬海戰即將點燃戰火！這次的比賽概念與過去的淘汰賽截然不同，採多人對多人的大戰形式！究竟是哪一方陣營能夠成為降臨在秋葉原的地中海霸主呢!?』

主螢幕的畫面往兩軍旗艦的槳帆船甲板上拉近。

『──首先介紹東軍！為鄂圖曼帝國帶來光榮的地中海噩夢！巴巴里的大海盜，紅鬍子〝巴巴羅薩〞！這個男人將再次成為艦隊提督！而他的副官則是與西歐諸國因緣匪淺，聖殿騎士團最後的總團長〝雅克．德．莫萊〞！』

魔女氣氛活潑的轉播報導，一一介紹出場選手。

大名鼎鼎的水軍武將以及在中世紀大海上呼風喚雨、惡名昭彰的海盜們在船上排排站立。

『——接下來，最後要介紹的是東軍先鋒，大家耳熟能詳的〝飛跳八船〞！天生的平家殺手〝源九郎義經〞！

他是今天海戰當中最危險的武士，料想得到一定會遭受敵人集中攻擊。他會如何突破逆境呢!?』

相貌俊美的年輕武士一臉雲淡風輕的樣子，回應場邊歡聲雷動的陣陣牛若喊聲。

義經轉過頭向背後一笑的動作讓我回過神來。

在他身後站著一名少女，介紹從者的時候並沒有介紹到這個人。

（那個人難不成就是義經的御主嗎……）

那個女孩與一身鎧甲武士裝扮的義經相呼應，身上穿著一襲典雅的和服，臉上還略施脂粉。可是看得出來她應該是再普通不過的一般市民。

每位從者的背後與身旁都悄然站著各自的御主。當中還有人戴著面具，不以真面目示人。

之前一直播放的改編自土耳其進行曲的中東風格背景音樂忽然一變，改為詭異又樸實無華，以打擊樂器為主的非洲風格旋律。就連挑選音樂的品味都很糟糕。

『仔細聽好囉，小豬仔們，把你們的腦袋轉向另一邊去！
對對，鼻尖向西，小尾巴朝向東！
向各位介紹西軍，也就是迦太基聯軍！
來，羅馬的噩夢就要站上這座競技場上了！
那三頭翻越庇里牛斯山與阿爾卑斯山的戰象英魂，此時此刻也與他同在！
雷鳴將軍〝漢尼拔〞降臨在此！』

環抱雙臂的漢尼拔站在槳帆船的甲板上，身上穿著傳統戰袍，與他在餐飲店時那身度假風格的服裝相比，給人截然不同的印象。雖然現場歡聲雷動，但他依然表情嚴肅，營造出令人難以親近的氛圍。

『他們的副手則是卡斯提亞王國的火炎之劍〝熙德〞——！』

在西軍選手介紹以及震耳欲聾的歡呼聲持續不斷之時，我的目光注視著那個女孩。

視線停留在其中一艘船上那個穿著白色外袍的嬌小身影。

我用加強過的視力，追逐著她的身影。女孩的臉龐雖然稚氣未脫，卻帶著精悍的表情目不轉睛地直視敵營。

那個男人就在她身後不遠處。向一旁側著腦袋，雙手扠腰，好像現在才開始要做暖身操一樣，看起來一點都不緊張。

『擔任後衛的是這位騎士！各位觀眾想必對他記憶猶新！他就是在前一場新人淘汰賽中展現壓倒性的實力，光榮的圓桌騎士〝加拉哈德〞！』

兩隊的選手都介紹完畢後，槳帆船開始移動，依照兩軍雙方的想法各自擺出陣形。

卡琳掩不住興奮，用加油棒砰砰砰地敲打我的膝蓋。

「好精采啊!?什麼海賊的我不認識，可是義經我也知道耶！」

「那當然，我可不希望妳連這種常識都不知道。」

可是那些海盜從者應該打從骨子裡就是法外之徒，想要融入馬賽克市的日常生活應該很困難（就算還是有一些例外）。那麼如同市民經由觀戰得到娛樂一樣，他們在這場戰鬥中也會獲得相對應的報酬。乍看之下這也算是一種很理想的關係，可是……

「可是卡琳，他們說這是模擬海戰。可是如果要在船上作戰的話，東軍的海盜方應該有利得多吧？漢尼拔先生的戰象又派不上用場。」

「不是喔，繪里里。妳瞧，看看這本手冊，上面寫比賽後半段的時候場地又會翻過來，恢復成陸戰。如果是打陸地戰的話，西軍總會有優勢了吧？」

「喔……原來如此。」

這套編排顯然不是為了讓比賽更公平，而是要讓觀眾看看西軍挽回劣勢的表現。

如果從愛看熱鬧的興趣角度來看，這的確是夢幻般的一張牌。

就連我也一樣，如果要說我對加拉哈德與源九郎義經的對決毫無興趣，那就是自欺欺人了。

如果這是真正的《聖杯戰爭》，那可真是求之不得的組合。

「啊……原來是這樣……」

我的內心逐漸冷靜下來，環視周圍的觀眾群。

感覺自己好像明白為什麼參賽選手能夠施展那種異常的力量，以及整套系統運作了。

＊

「……？」

我的頸背起了一陣雞皮疙瘩，感覺有人從某處看著我。

我悄悄窺探四周，注意別被對方察覺我的動靜。但對方的氣息湮沒在嘈雜的觀眾席當中，根本沒辦法追蹤。

（對方的確在看我……而且我也感覺到有類似從者的氣息……）

我猜想會不會如同波吉亞兄妹警告過的那樣，是過去我得罪過的人。

就在我靜觀其變好隨時臨機應對的時候，我發現情緒高昂的觀眾席中，有一些市民的態度與現場的氣氛格格不入。

（這裡也有劫掠令咒的犧牲者嗎……不對）

我過濾聽覺，探索這股異樣的感覺是因何而來。

結果正好坐在我前排的觀眾之間的對話傳了過來。

「……火災？在新宿嗎？」

「新宿的哪裡？角筈嗎？還是柏木？」

「好像是花園町那裡的樣子。」

（……花園？）

〝花園〟就是我老家所在的城鎮，也就是千歲居住的地方。

我忍不住探出身子，從說話的那名觀眾背後窺探他手上拿的智慧型手機。

「喂，繪里里？」

手機螢幕上播放的是私人上傳在都市情報網的影片。

「……!?」

那是火災現場的影片，而且還是即時的。

《新宿》木造平房整排都籠罩在火煙當中。

一個渾身變成火球的人從滾滾灰煙中出現。那個火人雖然身上都被燒得體無完膚，但仍然像個沒事人一樣繼續走著。

他就這樣走進其他人家院子裡，自行助長了火勢延燒。

影片畫面晃了幾下之後就被切斷。除此之外，情報網路上還有其他人上傳市內路面電車因為起火而停在原地的照片。

後來觀眾席到處都傳來不安的躁動。會有這種反應也不奇怪，因為觀眾當中有很多人都是來自《新宿》的。

我回頭一看，就連卡琳都在盯著手機看。

「怎麼了，卡琳？」

「聽說《澀谷》站前發生死傷意外……失控的公車在平交道上……嗯……好慘。什麼……電車好像停駛了？這下該怎麼辦才好？」

馬賽克市內各個區域同時有意外發生。

「……嗚……」

我的手腕內側爬過一股麻痛感。

是惡靈察覺到濃厚的死亡氣息，開始蠢蠢欲動。

我按住滲出黑色鮮血的手腕。靈障變成傷口裂開了。

（以前都已經勉強壓制住了，怎麼……）

我不應該繼續留在這裡。

我自己就會成為最危險的人物，絕對會對在場數以萬計的市民與他們的夥伴造成威脅。而且我很擔心這麼多意外事故同時發生的背後原因是什麼。

這片空間有足夠人數的警衛人員，更重要的是還有許多我根本望塵莫及的優秀戰士聚集在這裡，就算發生什麼紛爭應該也應付得來。

我該待的地方不是這裡。雖然很想看看小春的戰鬥，但現在顧不得這些了。

「繪里里。」

看到我從座位上站起來，卡琳立刻察覺有問題。

「妳要走了嗎？又要把我晾在一邊嗎？」

「今天明明是我自己約妳一起來的，真的很抱歉。可是，有一件事要拜託妳們。」

「什麼事？說來聽聽看。」

我直視著卡琳的雙眸，然後看向身旁的少年。

「紅葉小姐……這孩子……可以拜託妳幫忙照顧一下普蘭嗎？」

鬼女紅葉看向卡琳，好像要確認她的意見，然後微微點頭。

「當然沒問題，就交給我們吧。繪里里。」

卡琳秀出已經完全恢復，狀態完整的令咒，得意洋洋地說道。

就在我和卡琳說完正要離席的時候，卡琳的手機震動了一下，表示收到簡訊。

她拿起手機來。

「——搞什麼，現在才回信。」

卡琳看了一眼簡訊，傻眼地嘆了一口氣。

「那個傢伙……就是朽目那傢伙傳簡訊說『很抱歉』。真是的。」

「……只有這一句話嗎？」

「只有這一句話。」

卡琳一臉無奈，笑容中彷彿帶著一絲苦澀。

＊

我走出觀眾席區，來到羅馬鬥技場的外緣。

這裡雖然是室內，但空間卻很寬闊。高聳的拱形屋頂精巧地模仿羅馬建築的樣式。通道沿著競技場橢圓形的形狀延伸，形成些微的弧度。

靠牆處有許多商店正在營業，店裡也有一些零零星星的市民。

也有些人觀賞店裡轉播的比賽畫面當下酒菜，一邊喝酒一邊說說笑笑。

（都特地跑來觀戰了……結果還是和待在家裡沒兩樣……）

我一邊快步往鬥技場的出口走去，一邊整理先前自己想到的念頭。

也就是說——在聖杯淘汰賽裡出場的選手，由觀眾身上獲得魔力。

從多達幾萬人類的魔術師身上吸收魔力。

這就是我想到的念頭，這座競技場並非戰後才蓋在《秋葉原》的建築。

早在整個世界重新組成的時候就已經存在於這座城市，是城市的一部分。

因為這個**異物**的規模實在太大，若非刻意留存，不可能會保存下來的。

在古代羅馬，在競技場裡舉辦的劍鬥士對決是獻給眾神的神聖儀式。

（在英靈身上寄託著我們這些活在現在的人們的意念）

那些具有名氣的英靈在生前留下傳說或是名字，若是愈多人知道，他們的力量就愈強大，這就是〝從者〞的特性。發生在故事傳說背後的悲劇，有時候也會誕生出具有異常特性，稱之為〝無辜怪物〞的從者。

（萊登佛斯家究竟知道多少……）

我實在很想知道這個羅馬競技場裡究竟裝設了多少魔術系統機構。

——這時候一個出乎意料的人物叫住了我。

「繪里世小姐，我有件重要的事情要找妳。」

「……藤村……老師？」

許久未見的卡蓮・藤村出現在我面前。她一如往常，一身有如圖書館管理員的打扮，站在陰暗的外圍通道上。

（她怎麼會在這裡？重要的事是什麼？）

雖然內心有些疑問，但我也想問問她關於《新宿》與《澀谷》發生的意外。正當我張開口想要說話——

就在這時候——實況轉播的畫面中發生異變。

畫面正在拍攝西軍迦太基方的旗艦，主播魔女的怪叫聲傳遍通道。

我忍不住回過頭去，老師的目光也轉向電視畫面。

畫面中的光景實在太令人震撼。

雖然距離敵營還有很遠的距離，西軍指揮官漢尼拔卻拔出腰間的配劍。

下一秒鐘，他把劍深深刺進同船的副官熙德的腹部。

「——!!」

熙德渾身緊繃，一臉不可置信，他的御主驚慌地趕緊上前逼問原因。

漢尼拔把滿是鮮血的劍拔了出來，也不理會對方的抗議，橫劍猛力一揮。

熙德與他的御主兩人在一劍之下身首異處，頭顱飛出船外，掉進人造的虛假海洋中。

WAAAAAA

■ 5

恐懼的漩渦席捲整個競技場。如同逼近陸地的海嘯一般，一開始悄無聲息，後來演變成吞沒一切的翻天巨浪。

多數的觀眾都很吃驚，各自流露出不同的反應。

也有一些觀眾把漢尼拔將軍的背叛行為當成一種血腥表演，愈來愈亢奮。他們根本還沒真正了解人類御主死亡的插曲背後代表什麼意義。

連我也不敢相信，那個漢尼拔竟然——

『——————』

連主播都不知道該怎麼說才好，一邊試圖打圓場，一邊繼續轉播，但之後也立刻中止了。

不少人這時候終於知道其他地區也發生火災或是意外事件，紛紛離開觀眾席向外移動。他們的存在讓那些漠然旁觀事態發展的觀眾也開始不安了起來。

因為我已經離開觀眾席，只是從轉播畫面上看到慘劇發生，所以某種程度上還能用客觀的角度去看待這件意外。身在觀眾席的人們看到周遭人下意識的反應，應該很容易就會被影響。

「我們先冷靜下來，繪里世小姐——已經有人通知警衛，應該很快就會進行避難行動。關於其他地區的異常狀況，我們（卡蓮系列機）目前也正在應對處理中。」

「避難——？可是……！」

沒錯。我最擔心的惶恐情緒已經慢慢擴散開來了。

主辦單位利用解說頻道開始呼籲觀眾前往避難，場內的螢幕也打出比賽中斷的指示。

可是鬥技場的場地依然演出異常的光景，參賽選手已經展開激烈的戰鬥。兩軍的同船人員陷入不分敵我的大混戰。

部分陸地隆起，原本灌滿鬥技場內的海水迅速消退。

「……啊……嗚……」

在畫面中，第二名御主被戰象壓扁，成了混戰的犧牲品。

想要奔向御主身邊卻仍來不及的從者下一秒鐘也跟著消滅。

是誰，剛才死掉的到底是誰——

「……現在這種情況，我們必須承認會有某種程度的犧牲，而且我們正在與各個參賽選手的御主商討，請他們協助控制事態發展。可是……幾乎半數的御主都聯絡不上。」

「是因為從者漢尼拔失控的關係嗎？」

「…………不是。」

我倒抽了一口冷氣。那麼這個狀況是由漢尼拔的御主所引起的嗎？不，不對。光是這樣還不足以說明這一切。

「老師，妳早就預料到會發生這種狀況了嗎？」

她滿臉遺憾地搖了搖頭。

「我們設想過幾種狀況，這個案例被剔除在外。」

就算是無所不能的《聖杯》，也沒有足夠的資源能夠應付所有可能性。

她應該已經把能做的事情都已經先處理完了，但還是無法阻止事態發生，這讓她感到很懊悔，憾恨不已。從她冷若冰霜的態度下，可以看到她的遺憾。

我讓內心漸漸冰寒下來，現在是我成為〝死神〞的時刻了。

「我在《新宿》設下滴水不漏的應對手段，可是連這項預測都落空了。我以都市管理AI卡蓮・藤村之名，在此發布〝代號・緋紅〞指令。」

（代號・緋紅……！）

鮮紅色的召集令——這是最高級的緊急狀況宣言。我很清楚這代表什麼意義。

就我所知，自從《秋葉原》重新建構完成以來，這項指令只有發布過一次。

「繪里世小姐，妳能夠分辨從者與市民嗎？」

「是的，我比任何人都更清楚。」

「很好，那麼請妳殲滅所有敵對的從者。光靠警衛應付還不夠周全。」

「——！」

期待已久的事情終於發生的喜悅，以及工作內容的殘酷，讓我渾身為之一顫。

真是驚人的〝委託工作〞。

若非像現在這種緊急狀況，就連卡蓮自己也不可能會下這種命令。而且……

「妳是說所有在鬥技場內的從者嗎？」

「如果覺得可疑的話，允許妳先下手為強。」

「……最後再請問一件事情。老師，這是一項〝工作委託〞嗎？」

她很勉為其難地擠出一句話。

「不是。只是我……個人的興趣。」

「我了解了。」

她已經背離違反了千歲下令禁止的事項。

這樣就已經夠了。

＊

「我還有其他工作要完成，接下來可以拜託妳處理嗎？」

我深深點頭，與老師各自分道揚鑣。

好了，那麼就開始執行我的工作吧。

——接受他們吧，接受那些令人避忌的惡靈。

不管是憤怒、懊悔、痛苦或是恐怖，我都概括承受。

把它們當成鄰人，展開雙臂慷慨迎接。

我一邊調整呼吸，一邊往前方傳來帶著幾聲慘叫的喧鬧聲的通路走去。

我兩手往下一揮，紅黑色的鮮血從指尖點點滴滴落在地上。我繼續往前走，任由鮮血一路滴落。

我立刻就明白老師命我殲滅從者的意義為何了。

通往觀眾席的斜道下方，就有一群觀眾在互相拉扯。

一名男子一股腦地抓住一位市民，把對方抓得鮮血直流。

那名男子雖然穿著現代服飾，但其實是一名從者。而且以魔力塑造成的便服此時也已經崩解，開始顯露出原本中世紀風格的服裝。

趕到現場的武裝警衛把男子扯開，拉倒在地上，然後用犢牛式的自動步槍連續射擊。那名從者比較弱，連人類都有能力反抗。

可是用咒術加工過的子彈全都穿過男子的身體，打在地板上彈跳開來，沒辦法對他造成有效傷害。

雖然遭到槍擊，男子仍然立刻站起身來，又猛撲向鄰近的其他市民。

男子身旁有一名女性市民陷入半歇斯底里的狀態，想要使用自己的《令咒》。但就算女子下令制止，她的從者還是完全沒有要住手的意思，也不聽從命令化為靈體。

（……這比漢尼拔的情況還更糟糕……彷彿已經失去理智一般……）

老師先前給了我一張羅馬競技場內用的識別牌，我先確認自己有佩戴在身上。

我打了個手勢，示意警衛退開。他們看到我之後立即聽從指示退了開去。

——我伸出〝枝椏〞。

從手腕上的靈障溢流出來的汙血，化為帶著深沉光澤的黑色枝椏。

我伸手一指，黑色枝椏就如成長般迅速變長。

接著——〝枝椏〞輕而易舉突破從者體表的護壁，一個勁兒地尋找靈體中樞在哪裡，然後一把緊緊抓住〝靈核〞。

〝靈核〞就是讓從者維持個體存在的中心部位，也就是所有活動的核心。

靈核瞬間現形。在市民眼中可能只是一片模糊，可是魔術師就可以很清楚看見靈核是有顏色的，而且每一個從者個體的靈核顏色都不一樣。

這名從者頑強抵抗，氣喘吁吁地想要把靈核拉回來。

從他身上依然只能感覺到最原始的生存本能而已。

一名女子忽然從旁向我抓過來，就是那名拚命想要使用令咒的女人。

「妳做什麼！不要這樣，快住手！他是我的從者啊……！」

「我很抱歉。」

我也無能為力。

危險的從者絕不能放過。因為就算是力量再怎麼弱的從者，還是能夠輕易掐住人類的脖子，或是把人眼挖出來。

靈核被拉出來的從者終於再也無法維持靈體，化成無色的魔力消散在空中。

「……我很抱歉……請妳依照指示前去避難。」

「不要……不要啊……」

女子手背上的《令咒》逐漸變淡消失。她的內心現在想必正感受到強烈的喪失感吧。

我勉強把哭倒在地上的女子抱了起來，交給警衛照顧。

——我凝視著〝枝椏〞的前端。

從靈體抓取出來的靈核眨眼間就變成一片黝黑，與〝枝椏〞同化為一體。犧牲的從者並沒有回歸英靈之座。

等到剛才那名女子的心傷復原之後，她還會重新召喚從者，《令咒》也會恢復。前提是《聖杯》還能正常運作。而且就算召喚到同名的英靈，他也沒有原本的記憶。

就在我應付一名從者的當下，開始避難的觀眾開始陸續在通道上湧現。我一邊在擠滿通道的人群裡穿梭，一邊連上警衛情報網，尋找下一個目標。

之後我接連處理了好幾個從者，連喘口氣的時間都沒有。

我就是把那些喪失理智的失控從者身上的〝靈核〞二話不說全部拉出來，搶奪而去。

一名激烈反抗的男性市民狠狠在我臉上打了一拳，把我的嘴脣打裂。

因為我覺得他怒極攻心，氣急敗壞，要讓他冷靜下來最好的方法就是讓他打一下。

挨打當然會覺得痛，但我也只是坦然承受而已。

男子看到我重重挨了一記，還是面不改色地敦促避難，他總算回過神來，臉色蒼白地向我賠罪。

剛才被我處理掉的是一名纖弱的少女從者。因為她的行動敏捷，我還花了一番功夫。

（唉，真受不了……有血的味道……）

我感覺得到那些惡靈愈來愈亢奮。

如果是一般沒有接受過訓練的十四歲女孩，被人打了一下應該早就已經昏厥或是意志消沉。但很不巧的，我的工作可不能因為挨打就搞罷工。

那個被我處理掉的英靈是什麼人呢？光從她的外貌與反應，我還看不出來。雖說一些較不知名的英靈往往也會接受召喚，但我認為自己肚子裡的墨水不夠，只覺得很丟臉而已。

那名從者原本的男性御主身邊，應該很快就會有另一名從者出現，撫平他的悲痛。就像我過去的工作那樣，可是……

（那些被人遺忘的從者又會如何呢……？）

我必須記下來才行——

必須把那些從者曾經生活在這座城市的證據深深烙印在心上——

*

處理了幾個失控從者之後，我漸漸發現他們有共通的特徵。

警衛情報網上也接連有成功癱瘓失控從者的報告上傳。

雖然所有失控的從者都很凶暴，但他們並非真的有明確的反抗意志，而且不像戰鬥中的狂戰士（Berserker）那樣陷入激烈的瘋狂狀態。只要保持距離，冷靜地利用靈體阻斷網捕捉起來就能應付。

與〝劫掠令咒〞有關的狀況，在其他地區有好幾件**市民屍體**還在行動的報告案例，可是直至目前為止，在羅馬競技場裡也只發現一例而已。

雖然應對的速度愈來愈快，可是該處理的對象也愈來愈多。

只要有一處發生失控狀況，幾分鐘之後在附近就發生三個從者跟著失控。彷彿失控行動會藉由靈體接觸而擴散傳染一般。

最後就連警衛人員以及志願幫忙的市民口中都聽到這麼一句話。

簡直就像是巫毒咒術中的〝活屍〞一般。

（如果是死靈魔術的話，施法對象應該是實體才對……身為靈體的英靈怎麼會變成活屍……）

假使目的是為了奪取御主的支配權，其他還有好幾種效率更好的辦法。如果是為了操縱從者，相較於凶手高明的手段，現在這個狀況未免太過粗魯。

（難道只是在散播〝死亡〞而已嗎……）

鬥技場方面時不時會傳來激烈的打鬥聲響。

那正是從者交戰造成的破壞聲。

如今在那片一半淹沒在水裡，另一半則是陸地的場地究竟發生了什麼事？從剩下還在運作的監視器畫面沒辦法看個仔細。

咚！啪啦啪啦……一陣激烈的震動傳來之後，場內的照明全都熄滅了。衝擊波似乎影響到緊急電力與場內監視網路的中樞系統。失去聯絡工具的警衛們只好大聲呼喊來彼此聯繫。

場內的好幾處出口因為嚴重崩落沒辦法通行，還在想辦法繼續避難的人們想要移動到另一端，又和後面往前湧的群眾你推我擠，場面陷入一片混亂。

還沒受到**感染**的從者們冷靜與周圍協調，試圖保護御主。可是市民因為進退不得而備感焦急，甚至有些人還草率地要求從者優先保護自己。

（情況已經失序了……老師她……卡蓮到底怎麼了……！）

場面陷入極度的混亂，就在比賽中斷之後過了二十分鐘左右的時候——

突然出現在面前的人讓我大吃一驚。

「你——怎麼會!?」

普蘭少年獨自呆站在左逃右竄的人潮當中。卡琳與紅葉都不在他身邊。

「你……你怎麼自己跑來了？快和卡琳她們一起避難去——」

「我看到有狗。」

「狗……你在說什麼!?」

「牠在叫我。」

現在沒時間和他好好講。我趕緊嘗試和卡琳聯繫，可是完全打不通。從我手臂上垂下的〝枝椏〞差點碰觸到少年。

「不行……現在不能靠近我，很危險。」

在千鈞一髮之際，我叫他站遠一點。雖然好幾次撞上不知往哪裡去才好的市民，但兩人還是勉強躲進通道的陰暗處。

他用喧鬧聲中依然清晰可聞的清亮聲音說道：

「妳不是說過了嗎？要和我在一起。」

「是……我是說過……可是……」

他仰頭直直看著我，露出一種令人難以捉摸的表情，彷彿很無力一般。

「妳會哭吧。」

「…………！」

我是當真很想甩他一巴掌。卡琳她們此時此刻雖然置身危險當中，但一定仍在尋找這個少年。

那些惡靈貪嗜著我深沉的憤怒，開始躁動起來。不行，我不能自亂心神。

「……嗯……是啊。很抱歉……」

我用顫抖的聲音認錯道歉。沒錯，是我自己要求和他在一起的，可是又何必在這時候計較這件事。

為什麼這個少年會如此撩動我的情緒？為什麼我沒辦法像接受惡靈那樣接受他？

原本左右逃竄的人們這時候忽然被趕往同一個方向，聚集成龐大的人潮湧了過去。他們臉上全都露出相同的恐懼表情。

（那個男人是……？）

一個失控的從者從眾人身後不遠處逼近。

他那身看起來活動很輕巧的甲冑以及如重量級相撲力士般粗壯的體魄，我都似曾相識。他是原本隸屬於東軍的其中一名海盜從者。

他應該是中世紀日本的水軍，與長崎松浦有關的松浦黨總領。參與過潭浦之戰與元寇之戰，深刻影響日後日本歷史的武者集團領袖。

已經出鞘的刀沾滿市民的鮮血，原本有如精明策略家的面容已經不復見。附近也沒看到他的御主。

（至少得替他了結這一切……！）

沒那麼容易。雖然那個從者已經失控，但仍看得出他身上有魔力集結。全身上下無數彈孔已經癒合，即將復原。

要是讓他在這裡動用寶具，傷亡將會非常可怕。我必須全力以赴。

（可是……！）

我想到自己身後的少年。我的力量會波及周遭的從者，能夠控制得來嗎？

「──請讓開！」

年輕女孩的嬌斥聲從我頭頂上傳來。

在上層通道和從者一起跑過來的少女一躍翻越欄杆，向空中縱身。

（小春──！）

小春身上的白色外袍在空中舞動，上下層有十五公尺的落差，她就這樣跳下來。

實體化的加拉哈德身形瞬間與她嬌小的身影重合在一起。

騎士一邊下降一邊無奈地搖搖頭，伸手攬住小春的纖腰。兩人順勢迅速一轉，下降中的身軀發生驚人的變化。

跳下來的兩人化成一名身穿深紫色鎧甲的騎士，站在地面上。正是我先前在街頭大螢幕上看到的那名神情精悍的女騎士。

（這就是——英靈附體！）

沒想到會在這種情況下親眼看到她的絕技。

海盜總領的大刀已經罩頭劈了過來，完全不留機會讓小春調整姿勢，而小春也用很低的姿勢擋下這刀。

「妳是……小春嗎!?」

「是的。」

英靈附體狀態下的小春長大不少，身高比我還要高。

她的腰際掛著與加拉哈德相同的兩柄劍。現在她手中舉著的長劍很獨特，在劍柄上垂著一塊像緞帶一般的布條。另外一柄劍我從沒看她用過。

「繪里世小姐，要破壞靈核才能讓他停下來。」

「——嗯，好像是這樣沒錯。」

「所以……我已經下定決心了。」

小春一邊使力持劍與總領交擊，一邊說道：

「——不光只是下命令要加拉哈德動手。由我自己親手解決……也算是……我對他們的……」

小春雙手握住兵刃與敵人互砍，金鐵互擊蹦出點點火花。

她沒有放過對方想要拉開距離時露出的罩門，抓準破綻順勢持劍遞了出去。單看臂力的話是總領占上風。可是每當對方來勢洶洶地往前踏進一步，小春的劍刃就悄無聲息地往對方喉嚨逼去。

兩人在現場動也不動，混凝土地板啪的一聲迸出裂縫。

滿臉怒意的總領被逼入絕境，有如陷阱纏身的野獸般痛苦掙扎，最後鮮血有如噴水池般從喉嚨噴灑出來。

「……餞別。」

小春俐落地把劍一揮，在地上畫出一道血弧。

接著她又倒轉劍尖，朝著倒在地上一臉痛苦還不斷抽搐的敵人背上插了下去。

小春順利收拾總領，根本用不著拔出第二柄劍。總領海盜在陸地上與人交手，卻找錯了對手。

我們確認海盜總領的靈核已經完全消滅。這時候少年驀然走到流血痕跡都已經逐漸消失的地方，蹲了下來。

「…………普蘭？」

少年把剛才那些悽慘的一幕完全看在眼底。

那雙澄澈的眼神與先前觀賞街頭藝人表演的時候如出一轍。

我和小春簡短地互相交換了情報。

要不是現在情況緊急，我很想發動一連串關於英靈附體的問題攻勢，好好問清楚附體對她有什麼影響？加拉哈德本人是怎麼想的？但現在不是時候。

「——不是的。我不是在追他，而是一名魔術師。」

「魔術師……？」

小春說她從鬥技場內就一路在追一個身分不明的對象。

就是那個同時構陷漢尼拔與其御主，還有其他強大從者的高手。

「罹患者的智能會明顯下降，對周圍隨意展開攻擊，然後還有靈體的接觸傳染。這是前所未見的魔術。如果不是食屍鬼……那會不會是〃吸血種〃的低等亞種呢？」

「不，這種魔術是有的，而且就是因為這種症狀而知名。可是……」

那是虛構的故事，在電影世界裡的事情！

這種咒術本來只不過是在奴隸買賣的時代，從民間中傳說把屍體拿來當成勞役使喚的迷信演變而來的。

「活屍？妳是說巫毒教的咒術嗎？就是連一般人都知道的那種？」

就算外貌變得成熟，驚訝時的模樣還是留有原本小春的神情。

「……熙德與他的御主死後，鬥技場上發生大亂鬥，我們彼此根本沒辦法辨別敵我，所以每個人都各自散開，好拉開彼此的距離。我還沒找到其他同伴。要是連他們都受到感染的話，被害範圍就不會只限於競技場內，事情會非常嚴重。」

讓加拉哈德附體的小春可以說是介於人類……以及從者之間。

「如果是英靈附體的狀態下，應該可以預防失控症狀傳染吧……？」

「我是這麼希望，但也不能太樂觀。而且……繪里世小姐手上的鮮血應該不是受傷的血對吧？」

「這個……」

就在我回答小春的當下，也能感受到少年的視線正看著我，眼神中帶著某種責難。

「這個東西對從者有害無益，小春妳也不要輕易靠近。」

「我明白了。」

她點點頭，讓我看了很放心。

這時候少年忽然冷不防地問我：

「妳又要殺人了嗎？」

「……如果有需要的話，我就會殺。」

「因為這是一場戰爭嗎？」

他毫不畏懼地向我走近，挺直身子想要觸摸我腫起的臉頰。他不只是目睹剛才那些事，彷彿就連我的痛楚都能感同身受一般。他說過以前自己曾經被尖刺刺到，身上開了一個洞。

「不對，妳想要成為人家需要的人，所以才要殺人。」

「……………」

意思都一樣。人們就是因為想要被愛，所以才會去愛人不是嗎？人活著的理由又有誰知道，只有亡者才懂得活著的意義。

「我以前也是這麼想的。因為我也是獨自一個人，將來也會是單獨一個人。原本我以為我是為了某個人才會一直孤獨。可是說不定不是。」

少年喃喃說著一段令人摸不著頭緒的話，好像一點都沒體會到自己現在正置身於慘案現場。小春也很訝異地看著他。

我很害怕這個少年，因為他就像是小時候的我一樣。

＊

剛才小春與敵人死戰的時候，周圍避難的人潮全都不見了。

昏暗的通道上只剩獨立運作的緊急照明還亮著，籠罩在一片寂靜之下，氣氛與剛才完全不同。只希望卡琳她們也能平安逃出去。

我們在通道上繼續前進，前方愈來愈亮，就快到出口了。已經可以慢慢看見通往拱型外部的通道出口。

（這裡明明就是出口，可是那些市民卻往反方向逃。這就代表……）

我感覺到對方的氣息，立刻就知道市民不往這裡走的原因。小春應該也察覺到了。

有一個具有強大魔力的人物就近在眼前。

「那就是那個人——那個魔術師（Caster）！」

午後的陽光照進物品散落一地的小型入口大廳。

一名白髮黑皮膚的從者正打著赤腳，啪啪啪地走在陽光之下。

那名從者反手拖拉著市民的屍體，而且還是三個人。他的動作就像是拖著麻布袋一樣隨便。

那個人顯然絕對是敵方從者沒錯。

「我不是魔術師，而是妖術師（Sorcerer）。算了，怎麼稱呼都可以。」

她的一舉一動彷彿充滿著黏液般緩慢。

唯獨說話的嗓音像是個年幼少女般可愛。

她身上套著一件斗篷，斗篷染著非洲式原色，下半身則是配戴著金屬製的飾品。

那人拿著形狀特異的劍，抵在屍體的手腕上，然後把手砍下來。

她正在把《令咒》切下來。

「不錯不錯，妳們兩個人看起來都滿有趣的。」

敵人做完**切除工作**，一邊把掉落在地上的手腕收拾起來，一邊看著我們。

〝劫掠令咒〞……！

那名從者渾身都掛滿了從其他人身上搶奪的令咒。

切斷的手腕、腳踝，還有挖除下來的鎖骨，甚至連嘴部用線縫起來的風乾人頭都有。比較新的肢體上則有馬賽克市民特有的《令咒》圖樣。

「——兩個人當中其中一個不是人類，是人造人。身上還裝著分量十足的英

靈，已經氣若游絲了。也罷，妳的令咒我要了。」

（……！小春……妳……）

那名敵人——應該是女性——也不理會我們，自己說個不停，一邊凝視著我。

「另一個人……什麼……喂，妳是什麼東西？」

對方睜大了眼睛，眼眸如寶石一般赤紅。

在她身後，那些被砍下手腕的屍體紛紛站了起來。

我這才發覺，周圍還躺著更多屍體。這些都是湧到出口卻未能逃出生天的人們的屍首。

（……！）

看到一具穿著學生服的少女屍體，我渾身一冷，整個人僵住。

（……啊……不是卡琳……可是沒錯，那個女的就是連續殺人案的凶手……！）

那些屍體保持著異樣的姿勢，小跑步朝我們抓了過來。

我趕緊讓普蘭少年退到後面去。

站上前方的小春冷靜地把逼近過來的屍體踢翻，砍下手腳好癱瘓它們的行動。

敵方女子好像正在觀察我們要如何應對。

「繪里世小姐，我再也忍不住了……請交給我處理！那個女人竟然把我們的同胞……！」

小春大喊道。她的背影不光只有高昂的鬥志，我還感受到愈來愈強的魔力。

敵人接二連三指派屍體攻擊我們，一邊百無聊賴地說道：

「怎麼了？另外一個人，妳也打打看啊。」

那人直接對我挑釁。

她完全沒把小春放在眼裡，彷彿小春根本不存在一般。

「妳們好貪心啊，這些還不夠打嗎？那只好再把我的孩子們叫過來囉。」

正如敵人所說的話，披著鎖子甲的巨象從通道深處走了出來。

牠們的四隻腳已經濺滿懾人心魄的血跡，到底有多少市民被踏死？

「真令人高興。這是森林的大象，而且還有印度河的象。」

有兩頭戰象，牠們就是曾經蹂躪過共和羅馬的恐怖象徵。

牠們也算是一種從者，聽命於漢尼拔。這麼說來漢尼拔現在還沒死。可是巨象卻盲目聽從敵人的指揮，這種情況到底該如何解讀？

小春看到巨象出現，倒抽了一口氣。她應該很了解戰象的戰力有多強。

小春執起長劍，一邊轉過頭對我低聲說話。

她的魔力直線上升。

「我要施展寶具。就在這裡把戰象連同那傢伙一起收拾掉——」

「這樣行不通喔。」

敵人身體往前微傾，在她所站的地方發出一聲呿的聲響。

我們才剛聽見這道聲響，那個手持異樣刀刃的女人已經出現在小春旁邊，一記橫擊把小春打飛出去。

小春撞上鬥技場的內壁，就像工程機的重錘一般把牆壁撞個粉碎，半個身子都埋在崩落的瓦礫當中不動了。

「從者果然沒那麼容易切斷，我本來是對著右手砍的。她倒是防得滴水不漏。」

我立即想要打出〝魔彈〞，可是——

小春震開瓦礫衝了出來，揮劍往敵人劈去。

敵人用那把異樣的兵刃架住小春的重劈。

衝擊波震得整間大廳都在震動。

這次沒辦法像剛才對付海盜總領那麼容易了。敵人好像很疲倦似的，用前傾的姿勢單手揮舞兵器，用更強大的力量反擊小春的每一次攻擊。

「————！」

敵人看準小春兩手高舉的罩門，又是一陣亂擊，把她打得飛了開去。

（啊啊……！）

小春的身體重重砸在九十度倒下的牆壁的尖角處，吐出一口鮮血。

「這傢伙啊，沒辦法動手殺害漢尼拔，讓他有機會逃走。不曉得漢尼拔之後殺掉多少人類呢。她該不會覺得自己得負起責任吧？」

那個女的真的是魔術師（caster）嗎？

她的戰鬥力實在太強，而且魔力還在繼續升高。

（小春體內的加拉哈德到底在做什麼……!?）

即便加拉哈德現在不是處於他原本的狀態，但敵人在近身格鬥戰能夠壓倒圓桌騎士，玩弄於股掌之中，我怎麼樣都不認為對方只是區區一名英靈。

「逃跑速度這麼快的一頭小鹿，現在卻想要和我動手。哈哈哈——哈哈哈！」

小春發出呻吟，試圖想要站起來。

那名女子啪啪啪地走過去，一腳踩住趴在地上的小春的右手腕，然後揮劍刺穿她的手，刺進地板裡。小春的手腕只差一點就被砍斷。

「啊啊啊——」

「哈哈哈哈哈哈哈哈哈哈哈哈哈哈哈哈哈哈哈哈哈哈哈！」

女人充滿嘲弄意味的哄笑聲蓋過小春的痛苦呻吟。

＊

「哈哈哈哈哈哈哈哈哈哈哈——嗄？」

我施展必中的魔彈，打在那個放聲大笑的女人背上。

這是惡魔薩米爾的魔彈，如果是馬賽克市的從者就會被打穿靈核而灰飛煙滅。

——魔彈確實打中了她。

可是……從那女人背後侵入靈體的彈頭卻直接穿透出去，從另一頭的胸口處緩緩被擠壓出來，好像沒事一般地掉落在地上。

她連一滴血都沒留。

相反的，那女人衣服上掛著的其中一件飾品，一串綁起來的鎖骨化作灰粉崩落。

女人慢慢回頭。

「妳又何必這麼急著找死呢。」

「我……我還能……還能打……」

雖然一隻手被釘在地板上，小春還是拚命想要從下面抓住對方。那女人狠踹小春的頭，然後用力踩在腳下。

（小春……！）

「──如果妳們在找我的孩子，他們就在這座城郭的另一端。那邊的出口已經被我全部擋住了。還沒死的生還者好像躲在建築物裡堅守，但是裡面也有我的孩子，所以我用不著等多久。這座要塞都市的從者全都弱不禁風呢。」

「……還有市民沒有避難出去嗎？」

「哈哈哈──等我的家人人數夠多之後，接下來到外頭去逛逛吧。玩起來肯定很有趣的。」

（她的目標是城市……！所以才想在這座鬥技場內繼續提升戰力……？）

那個敵人──應該是〝神靈〞。

某種受到人類當成神明崇拜的東西成為從者，受到了召喚而來。

可是就算是神靈，如果是藉由《聖杯》召喚而來的話，其威信應該也會有某種極限才對。

（她不是真正的神……不要被她震懾了……！）

我激勵自己。即便只是自我安慰，但現在已經不容許我繼續猶豫了。

我把高舉的手腕向下一揮。

從我手腕伸出，具有枝節的黑色〝枝椏〞化做強韌的長鞭一扭。舞成八字形揮出的〝枝椏〞轉眼伸長好幾倍，尖端的速度已經超過音速。

我往前踏出幾步，縮短與敵人的距離，同時對她使出迅雷不及掩耳的一擊，讓枝椏在站立不動的敵人胸口處畫過，揮砍的時候刻意不要造成太嚴重的致命傷。

「——！」

感覺打到了。

〝枝椏〞的前端碰觸到她的斗篷與交抱的手臂，把少許靈體撕扯了下來。

「哎唷，竟然貫穿了我的防護壁。這是虛數魔術嗎？我事先可沒聽說啊。那傢伙，還有事情瞞著我沒說。」

（可以……！我的〝枝椏〞可以對那個女的發揮作用！）

「原來如此，妳不是御主，是**魔法使**嗎？所以才沒有令咒啊。那我就可以隨便砸打囉。真是沒辦法。」

那女人嘴上這麼說，可是卻沒有指使戰象攻擊我。

我知道她對我還存有好奇心。那份傲慢自大就是我取勝的機會。

——既然這樣，那就讓妳好好見識一下。

「虛數魔術……要真是那種高級的玩意兒該有多好。」

我已經讓少年撤退到後面夠遠的距離。

這次又要讓少年看到我殺人的現場了。惡靈感覺到我內心興起的些許殘虐，頓時亢奮起來。

（這次不是〝手指〟也不是〝大鐮刀〟——而是〝斧頭〟。喚醒那些渴望劈砍破壞的惡靈吧。）

纏繞在手臂上的〝枝枒〟變成裹住一整隻手臂的雙刃戰斧——化成〝枝斧〟。

我又更加讓他們……讓那些惡靈深入我的內心。

——我年幼的時候，那些惡靈呼喚了我。

那時候的我根本沒辦法區分活在周遭的人們以及惡靈。

當時我連那無數的聲音與自己的念頭想法都區分不出來。

那些惡靈不分晝夜一直都在我身旁。對它們來說，我就像是一條漫長昏暗的坡道中途，令人舒適的藏身之處。

它們既不是英靈，也不是反英靈——而是〝邪靈〟。

怨念深重的**死者靈魂**。

它們沒有任何光榮名譽。即便做盡了人間惡事，連死也死得毫無價值。
它們無法進入〝英靈之座〞，只是一群旁門邪道。
雖然它們曾經降生於世，也有屬於自己的個體，卻遭到**世界**所不容，就連**名字**都被剝奪，不能再回到這個世上。
而宇津見繪里世是渴望獲得肉體的它們唯一的大門。

就這樣……
是那兩個人維繫住失去自我而逐漸崩壞的我。
就只是為了活著，為了繼續延續性命。
所以——那些人告訴我：妳來控制吧，握緊操縱桿吧。繪里世。
這樣就算身處黑暗中，妳也能飛行。
妳要成為那些化為靈障爆發出來的邪靈的生身父母。

「——〝魔王（Erlkönig）〞。」
那是一株赤楊樹，那是戴著冠冕、身拖長袍的精靈之王。
伴隨著灰柳女兒們，站在亡者國度大門。

「這些〝枝枒〞——就是〝魔王〞的指尖。」

把那些橫行在現世的徬徨靈魂從它們的馬上拖下來。

「成為〝魔王〞的犧牲品吧！」

面對絕佳的獵物，惡靈們迅速聽命行動。

獵取靈魂的黑色戰斧發出破風聲。

那女人持劍準備接招。黑色戰斧把她的兵刃高高彈起，然後回手又砍了一下。

「哎呀哎呀。」

這一斧深深砍在女人的身軀上。

從肩膀到乳房，一道斜斜的傷口露出白色的肉以及脂肪。

「很好，非常好啊。要我把我最珍貴的風乾人頭送給妳都行。

——妳和我〝恩桑比〞的力量都是同樣性質的。」

女人或許把那句話當作對我出自內心的讚賞，竟然主動說出**真名**。

〝恩桑比〞——我以前略有所悉。那是剛果維利族的最高神祇，乃是所有生物之母以及大皇女。

「也就是說——妳那份力量就是〝死亡〞本身。」

6

——沒有砍到。

沒能把敵方從者的靈核拉出來。

〞恩桑比〞的靈體表層很柔軟，可是在表層深處卻藏著一層異常堅硬的硬殼。先前魔彈明明已經打穿了她，可是那層硬殼還是存在。

那女人一臉傷透腦筋的表情低頭看著自己胸部上的傷痕，然後抓起身上掛著的其中一隻手腕，把手朝上塞進張大的嘴裡，靜靜嚼了起來。

隨著骨頭粉碎的喀哩喀哩聲響，其他手腕上的《令咒》紋路也慢慢變淡，愈來愈乾癟。

（她在……吃令咒……！）

趁這個時候，我從敵人退開的地方把小春抱起來，然後向後飛退。

好不容易退回少年身旁，我回頭一看。只見〞枝斧〞在敵人身體上砍出的傷口已經不見蹤影，連同身上穿的斗篷都已經復原了。

「——嗝。妳的骨架我真是搞不懂，魔法使。不過那個黑色枝枒我倒是知道是什麼了。那是一群充滿怨恨的可憐人們的指尖，和妳倒是滿配的不是嗎？」

乾癟的手腕啪噠啪噠地掉在地面上。

「然後呢，我已經和人約好要把從這邊城門逃脫的人全都殺掉。妳的**枝枒**雖然很麻煩，但我只要這麼做就好了。」

敵人也沒做出任何指示，兩頭戰象忽然往前進。

牠們用額頭衝撞豎立在大廳裡的石柱，撞倒石柱後還用粗壯的鼻子捲起來。

「妳等……嗚哇……」

數噸重的石柱扔了出來，我一邊用肩膀撐著癱軟的小春，在千鈞一髮之際閃身躲過。原來大象的動作這麼機靈嗎？

另一頭大象則是抱著石柱，把石柱充當攻城錘一般衝了過來。

「我已經看夠妳們了，再來想看看那個小男生。他真是可愛，可愛到我都想把他做成風乾人頭了呢。」

恩桑比把腳放在戰象的鼻尖，用蹲姿乘坐在戰象的背上。

「……嗯？怎麼？妳們還隱瞞著什麼嗎？」

我拔腿便跑，想要逃離兩頭戰象，可是前方卻有一群活動屍體，一群活屍正等著我送上門。

「啊……我……我沒事。繪里世小姐，把他……」

恢復意識，勉強振作起精神的小春又拿起劍，主動負責排除向我們靠近的殭屍。怎麼看都覺得她只是在強打傷軀硬撐，但現在這種情況下我也只能仰賴她了。

小春也像個魔術師一般，早在嘗試讓自己的身體復原。她手背上的《令咒》已經用掉七成。可是重擊在牆壁上的傷勢回復狀況並不樂觀。

情況同樣嚴重的還有右手臂，那不是被一般利器刺傷的。

（〝魔術迴路〞有損傷……小春……）

＊

恩桑比坐在腳步聲轟隆隆的戰象上追了過來，她的聲音在昏暗的通道中迴盪。

「妳應該知道**死亡的領域**以這座要塞為中心，正在逐漸擴散吧。」

……死亡的領域？我什麼都感覺不到。如果是和從者有契約關係的御主，或許感覺起來和我不一樣也說不定。

「——**只要曾經體會過一次『死亡』的人都是我的孩子**，都是我恩桑比最可愛的孩子。」

一句相當莫名其妙的話傳進我耳裡。

（只要體會過一次死亡……!?）

她是想用這種瘋話讓我絕望嗎？還是說從者們之所以沒辦法施展全力，無法抵抗而陷入苦戰，都是因為恩桑比神的妖術造成的效果？

「——也有些人記性很糟糕，但只需要把他遺忘的死亡喚醒就好了。別忘你終有一死。加拉哈德呢？還不快點出來嗎？別藏在小女生的屁股後面，快出來讓我看看你是怎麼死的。」

——不。無論如何，她那番話都是很惡劣的挑釁。我看了小春一眼，她也默默點頭回應，表示在可能的情況下，現在不應該解除英靈附體的狀態。

就在這個時候——

『代號・緋紅——

羅馬競技場內部的魔術防護壁即將解除，請生還者前往鬥技場地——』

那是卡蓮的聲音。場內的廣播系統忽然恢復運作了。

所謂的〝防護壁〞就是指在比賽中避免傷害波及到觀眾席的魔方陣。廣播說要把這片防護壁解除。

只是群眾避難的廣播一再重複播放。在生還者當中，應該沒有人知道〝代號·緋紅〞的意思才對。

「這麼說來，重要的不是廣播本身，而是要把關鍵字告訴我一個人。」

我嘗試用瀏海上的禮裝進行聯繫，可是現在又沒反應了。

（……老師……）

接著我的手機收到一通語音通話來電——是卡琳！

『繪里里，還活著嗎？妳還在競技場裡啊？真是超抱歉的，我讓普蘭走失了！啊啊啊，我要切腹謝罪！』

「普蘭在我這邊，所以妳不用死啦。」

『嗄啊!?』

「妳該不會躲在建築物裡面吧？」

『是啊！聽人家說這裡是競技場場地旁的空馬廄。其他還有很多人活著。有幾名參賽選手也在，正在奮力抵抗。可是外面的人好像已經快要衝進來了——小紅，在那邊！糟糕了！』

智慧型手機的另一頭傳來衝撞鐵柵欄的低沉聲響以及大象的叫聲。漢尼拔的另一頭戰象正在那邊，可能漢尼拔本人也在。

『剛才的廣播應該是卡蓮妹妹老師沒錯吧？我可以相信她嗎？沒問題吧？』

「相信她吧，從妳那裡可以離開鬥技場嗎？」

『可以，雖然鐵門不會動。可是他們說要把鐵門轟開，說現在沒有防護壁，寶具可以派上用場。』

「那就快動手！趁現在還來得及的時候。我也——」

這時候一陣轟隆聲響與雜音蓋過通話，電話就這麼斷了。

小春在一旁聽著我們講電話，也知道狀況了。

「——走吧。我們快離開鬥技場，小春。」

「可是……我的夥伴們都在戰場上……還有那些失控的參賽選手。鬥技場裡外都很危險。而且剛才廣播說的代號．緋紅，那是什麼意思……？」

「小春，妳會看到妳想看的。」

小春吞了一口氣，聽懂了我的意思。

「我知道了。我對競技場的構造比較熟悉，就交給我吧。」

*

「這是在誘導群眾嗎，現在還想誘導人群逃難啊。而且不是往外，而是往裡逃。這不是自己把自己逼上絕路嗎？」

恩桑比蹲在大象身上，手撐著臉頰。

「肯定是陷阱沒錯，感覺沒什麼好玩的。那裡就交給孩子們去處理吧。」

兩頭大象反覆衝刺與衝撞，對仿造遺跡、充滿藝術風格的內部裝潢造成嚴重的破壞，一邊步步進逼。

恩桑比他們總是會從意想不到的地方出現，一再對我們發動攻勢。

我緊跟在前方帶路的小春身後，為了保護自己以及普蘭少年，只能不顧一切地往前衝。

小春在通路的某處停下腳步，這次輪她挑釁對方了。她對恩桑比乘坐的戰象說道：

「好啊，你們來吧，漢尼拔的盟友！那個女人才不是你們的主人！受到他人操控，你們內心想必一定很憾恨吧。至少讓我來送你們一程。」

恩桑比聞言，很不高興地皺起眉頭。

「……妳這女人……這兩個善良的孩子看著眾多同伴從森林裡被強行拖走，後來同伴死去的時候就是牠們在一旁陪到最後的。妳連這一點都不懂嗎？」

恩桑比在象背上站了起來，把劍尖指向小春。

「夠了，衝上前把她踩扁吧。」

兩頭大象發出雄渾的嘶叫聲，朝著小春猛衝過來。

手中擎著長劍的小春臨陣以待。

一陣慘不忍睹的劇烈衝撞之後——

我和少年看到的，是漫天飛舞的灰塵以及照進粉塵中的陽光。

劇烈衝撞的力道使得建築物內牆崩塌，打開一條通往競技場內部的開口。

競技場遼闊的場地再次出現在我們眼前。

在衝撞前一刻往上一躍的恩桑比降落在我面前，對眼前的大規模破壞絲毫不以為意。

大象的嘶鳴聲已經遠去，連那些可憐的殭屍們都被撞飛。

「所謂的〝聖槍〞……該不會是這傢伙吧。這樣一個小鬼頭？」

恩桑比對少年說道。

「……這個嘛……我們馬上就會知道了。」

我把少年拉開，遠離目光灼灼看著他的恩桑比。

——就在這一瞬間，小春如一道藍光般向對方身後直逼過來。

可是恩桑比似乎早就料到，隨手把劍一揮就震飛小春。

（——！小春！）

小春又撞上建築物的內牆，這次少女小春與加拉哈德兩人分了開來，恢復英靈附體之前的狀態。可能是因為小春一再負傷，達到了極限。加拉哈德看起來也不像是毫髮無傷。

恩桑比向少年走去。

「這是從〝英靈之座〞送過來的**未來英靈**嗎……一點都看不出來。不過**既然是英靈，那早就已經是死人了吧**。就用我的匕首來問問你吧——來吧，金髮小男生，讓我來剖析你是怎麼死的吧。」

（……該怎麼辦……我必須多爭取一點時間……可是……）

要是恩桑比的注意力轉向加拉哈德，讓他感染成為殭屍的話，事情就沒救了。

那麼少年就是吸引恩桑比的絕佳誘餌。

話雖如此……

就在內心還在猶豫的時候，我的手腳已經先有了動作。

我迅速生成刀身造型比較單純，能夠精準使用的〝枝劍〞，站在恩桑比面前。我也知道這是一把雙刃劍，一個不小心也會傷害到少年的靈體。

「不准碰他！」

「妳讓開好嗎？我不是說過已經不想理妳了嗎？」

恩桑比的劍──一柄巨型匕首與我的〝枝劍〞互相交擊，兩件兵刃咬在一起。

「他是……」

我相信他教導我的劍術，把劍高舉過頭。

「……我的從者!!」

對方輕輕把我這一劍盪了開去。

「妳錯了。妳只不過是區區魔法使而已，我可是清楚得很。不管是魔術師還是魔法使，都是一群為了自身利益行動的殘忍動物，根本不把他人的死亡放在心上。妳也是因為認為這個男孩有足夠的利用價值，所以才會這麼拚命。」

這種事情不用妳說我自己也知道，可是──

「這個少年……他是我的從者！就算他一點本事都沒有也無所謂……！」

「哈哈哈。怎麼著，妳是想把他當成寵物給自己消遣解悶囉。妳真的很差勁耶，一個無能的人怎麼可能對自己有自信呢。」

「只要一個人就夠了……只要有他一個人……」

在近身肉搏戰當中，〝枝劍〞的威力無論如何都比不上〝枝斧〞。

我的〝枝劍〞遭到恩桑比的劍壓衝擊，慢慢鬆解開來。因為反彈而餘勢未竭的〝枝椏〞前端險些碰到少年。

我驀然把劍收回，也不是為了防禦或是什麼目的。雖然我明知這麼做是絕對不行的——

「……嗚……」

近在眼前的獵物被搶走，那些惡靈勃然大怒起來。

被惡靈汙染的黑血失控地噴發出來。

鮮血從我身上各處破開的靈障溢了出來，就連眼球內側也不例外，玷汙了劍鬥士的聖地。

「哎呀呀，看來那個邪惡的〝枝椏〞如果不給它們吞吃靈體的話，就會反過來把妳自己給吃了喔。」

「那又……怎樣……!?」

我當然知道。無論是魔王的〝枝椏〞還有所剩無幾的魔彈，都不是我能愛用就用的。因為它們都屬於那些惡靈的東西。那些惡靈精明無比，隨時隨地都在伺機要傷害我。可是即便如此——

「……不要……!」

「真是太難看了，那邊那個小男生看起來還比妳更懂事呢。」

恩桑比慢慢地往前一翻，雙手撐地把身子一抬，整個人倒立起來。她的雙腿互相交纏蓄力，然後如同彈簧般一彈開，把我踢飛開去。

「啊……!」

我整個人在砂石地面上滾了好幾圈。因為肋骨斷裂，連呼吸都很困難。

從我橫躺接觸的地面上傳來劇烈的震動，鬥技場的另一側發出巨大的聲響。

那是戰鬥的聲音、牆壁崩塌的聲音、連續射擊的開火聲，還有怒吼以及哀叫聲。

好像也聽到卡琳的聲音。

各種打鬥的聲音都從地面傳了過來。

我用手指把鮮血遮住視線、因為劇痛而翻白眼的眼球調整回來，勉強試著站起來。

眼前的恩桑比已經用匕首直指少年的胸口。

——不可以。

我抓住地上的土往前進，想要去找他。

這世上有些事物無法被玷汙，而且也不能玷汙。

就算是無所不能的《聖杯》，也絕對無法取而代之。

要不然的話，我以後如何還能走下去？

「你好像……不怕我啊。」

少年也靜靜地看著恩桑比赤紅的眼眸，然後開口說道：

「妳不是蛇吧。」

少年的手輕碰上指著自己胸口的匕首刀尖。

「既然不是蛇，我就不怕。」

「…………什麼？」

恩桑比狐疑地想要收回匕首，可是她的兵刃卻文風不動。

四散紛飛。

「……裂痕……!?這小鬼!」

那把異樣的匕首從少年指尖碰觸的位置開始發熱泛白，迸出一陣刺眼閃光之後

＊

就在亮光與高熱終於從視線範圍內逐漸消退的時候，現場只剩少年一人站著。

他彷彿氣空力盡般，膝蓋一彎，當場軟倒在地。

(……恩桑比呢……!?)

那個黑色肌膚的女人忽然不見蹤影。

我探索周遭的氣息。難道她在一瞬間解除擬似物質狀態，化為透明的靈體了嗎？雖然這樣可能也會造成其他危險，但不知道為什麼，我覺得一波危機好像已經過去了。

加拉哈德小心翼翼把自己的兩柄長劍拿得遠遠的，慢慢走向少年身旁。

我的位置離其他人有一點距離。恢復嬌小少女身形的小春雖然渾身疼痛不堪，但還是努力地忍痛跑過來。

「繪里世小姐……！是她……聖痕她！」

「……總算來了……還有路修斯……」

一群失控的從者以及變成活屍的市民，有如大壩潰堤般湧向鬥技場內。

那兩個人出現在遠遠上方的觀眾席，俯視著現場的慘狀。

他們看見下方的情況之後，立刻如字面形容那樣如飛一般沿著觀眾席緩緩傾斜的側牆俯衝下來。

男子的手臂摟著一名身穿黑色水手服的女子。

背上飄飛的緋紅色外衣正是屬於他的顏色。

代號・緋紅——〝鮮紅色的召集令〞。

那個〝紅色〞就是羅馬的〝紅色〞，也就是象徵戰神瑪爾斯、羅馬軍人最引以為傲的顏色。

那是《聖杯》創建的千年王國。那是平民在呼喚王國和平的護衛者，命令他們執行任務。

他們這群和平的護衛者將會完成他們的義務。

聖痕真鶴千歲，還有她的從者——

——〝聖槍路修斯．朗基努斯〞在此。

「不好意思，電車誤點了。雖然晚了一點，但我可是一路衝過來的喔。」

輕飄飄落在鬥技場上的千歲只是嘴上說抱歉，路修斯帶著幾分無奈回答道：

「抱著妳一路跑過來的可是我啊。」

「是沒錯。不過我剛才在新宿才運動過一番，現在也需要休息一下吧。」

千歲一邊說笑，身上的《令咒》開始發出淡淡的光芒。

那是舊世界名副其實的真正《令咒》——

同時也是千歲的外號聖痕由來的四道令咒。

周圍的從者認出那道光芒，都被吸引了過來，如同受到威嚇的野獸一般。彷彿他們雖然已經失去理性，但身為戰士的本能仍然認同千歲是足堪一戰的絕佳敵手一般。

千歲發現倖存下來的市民群體，以及一部分繼續負隅頑抗的正常從者，便用清亮的聲音對他們說道：

「繞過來這裡！那些失控的從者全都交給我和路修斯應付！」

＊

——一場可怕的殺戮展開了。

手中握著鮮紅長槍的士兵架著顯現出來的大盾，與他的御主互相背靠著背，同時迅速地擊殺敵人。

光是所向披靡這句話還不足以形容他揮舞著聖槍戰鬥的英姿。

他正是在聖杯戰爭中贏得最後勝利的冠軍。

路修斯・朗基努斯——在耶路撒冷的山丘上領悟到自身命運的百夫長。

身為七名英靈當中的〝Lancer〞，在連番激戰之後，最後由他站上顛峰，將《聖杯》送到千歲手上的最強從者。

充斥在這座城市的從者，無論模擬的是多麼崇高的英靈靈魂，和路修斯的光榮比起來都只不過是黯淡無光的陰影而已。

我們一邊注意四周情況，一邊往後退。

與鬥技場上展開的殺戮拉開距離的同時，小春的視線仍然盯著場上不放，興致盎然地向我問道：

「繪里世小姐……那種攻擊……聖痕用的那個是什麼……？那就是所謂的黑鍵嗎？」

也難怪小春會這麼好奇。

因為那個既不是〝黑鍵〞也不是〝薩米人的一擊（gandr）〞，而是迥異於一般的魔術師，屬於千歲獨鬥的暴力展現。

「那個是……Sacred Chiodi。就是把救世主釘在十字架上的釘子……的仿造品——」

或者也稱之為聖釘。

那是一種從兩手兩腳共四處《令咒》生成的『束縛』概念武裝。

也就是徒手空拳，沒有實體武器的釘樁機。

這種武裝會短時間讓四角錐形狀、粗大又堅固的可怕鐵釘實體化，把敵人刺穿禁錮起來。

「……不過這是路修斯以前告訴我的。因為千歲非常非常不懂得如何教人，就

像個傻瓜一樣。」

「啊，喔……聖釘是嗎？」

小春身子一顫。她對堪稱是活傳說的千歲，抱有一種甚至能以純潔無瑕來形容的高度敬畏之意。

（可是……）

我認為那種戰鬥對千歲來說是她最大的恥辱。

因為她必須接受和平已經破裂，親手殺害市民以及他們的從者。對她來說，這樣的工作只是一種撕心裂肺的哀痛。

雖然她想盡辦法阻止這一切發生，不惜要我放棄工作，但還是沒能成功。外敵確實已經出現。可是早在更久之前，**那個時刻**就已經步步逼近了。

＊

整場混亂漸漸平息，我也終於成功和卡琳會合。

要是平常的話，卡琳看到我剛做完工作的模樣，不是笑話我就是對我發脾氣，說我不夠小心注意。但現在看到我和小春渾身髒兮兮的慘狀，就連卡琳都不由得臉色蒼白起來。要是連普蘭少年都是這副模樣的話，她的心情可能更大受打擊，難以平復。

可是少年身上連一點擦傷都沒有。卡琳看到他一副悠然自得，甚至和現場的氣氛有些格格不入的模樣，似乎放下心中一塊大石。

當然她之後還是大發脾氣，對少年咆哮了一番。不過少年此時站在一身傷痕累累的紅葉身旁，仍是一臉呆呆的模樣。

鬥技場場地角落的空間先前成了暫時的避難所，如今現場充斥著恐懼遠離之後的鬆懈感，以及大戰後隨之而來的疲憊。

惶惶不安地聚集在一起的人們看到彼此平安度過危機，都感到很欣慰，想辦法要與家人朋友聯繫。

在他們身旁有幾隻豬一邊發出尖銳的啼叫，一邊跑了過去。這種地方怎麼會有豬……

逃過感染劫難的參賽選手當中，源九郎義經等主從二人都平安無事。他們砍下的首級放在戰場一角像墳丘般堆積成山，讓周遭的人個個避之唯恐不及。

千歲與朗基努斯單方面的掃蕩戰中，最後擊殺的敵人是漢尼拔。

小春自己也親眼看著他倒下，只能眼睜睜看著他被害，卻沒辦法幫助他。

小春在漢尼拔被長槍刺穿後消失的位置跪下，低垂的肩膀顯得非常失落。義經與他的少女御主站在小春身旁，正在說話安慰她。

我則是什麼話都說不出來，只能如往常一般，心中帶著幾分懊悔。

千歲正在與其他地區的卡蓮系列機體聯繫，確認事情的發展狀況。

小春遠遠看著千歲，雖然注意力一直在她身上，但還是帶著悲壯的決心對我說：

「那個叫做〝恩桑比〞的從者不能放著不管。我要和萊登佛斯本家一起合作，前往追擊。那個女人留下幾樣情報，可以當作後續追蹤的線索。第一件事就是找出她的御主是誰。」

卡琳一聽，大吃一驚。

「……什麼？妳說現在就要去嗎？等一下，還是不要吧！」

「喔，那好。要去抓狐狸是吧，我就奉陪吧。」

另一方面為小春魯莽的舉動推波助瀾的不是別人，正是她的夥伴加拉哈德。這個人到底想怎麼樣？

我用最理性的態度告誡小春說道：

「小春，妳現在太勉強自己的話，這一輩子可能都再也沒辦法使用魔術了。」

「無所謂。」

她這番連自身都不顧的回答，讓我根本無從勸起。

可是剛剛才到達的路修斯比我更了解她。

「萊登佛斯，因為沒能拯救參加競賽的同胞，讓妳現在深感悔恨。可是現在不可以獨自窮追下去。既然知道對手的真名以及本質，我們就可以預先準備有效的應對策略。」

「就是說啊。小春，妳和繪里世都必須先去治療傷勢才行。那個逃跑的恩桑比幾乎沒有受傷耶。」

卡琳也感到很心痛。

「…………」

小春的表情表示她仍然心結難解。

我很清楚她面對敵人的時候究竟有多麼嚴肅認真。

但她還是力有未逮，最後甚至得藉助她最尊敬的千歲出手幫忙。

這件事肯定讓她覺得對不起已經死去的同胞，更重要的是她無顏面對自我……

在這情況下，小春的從者說出的一句話讓她驚訝地抬起頭來。

「就讓這傢伙照她的意思去做吧。再說了，朗基努斯，我不認為你有什麼資格教訓人家。」

「……加拉哈德閣下，你要保護的究竟是什麼。在這種令人為之鼻酸的情況下，身為在場的一分子，難道你一點感覺都沒有嗎？」

「你們兩個都別吵了。」

千歲結束視察避難市民的狀況回來，這麼說道。

加拉哈德高姿態的態度讓小春臉色大變，只差一點情緒就要爆發了。

「情況隨時都在變化，把你們用來吵架的精神拿去想想怎麼解決問題吧。而且……我到現在還聯絡不上卡蓮，就是《秋葉原》的卡蓮・藤村。」

小春戰戰兢兢地向千歲問道：

「是怎麼回事？現在都市機能之所以癱瘓，不就是因為管理ＡＩ停止運作的關係嗎？」

「不，她還活著。這我知道。」

千歲聳了聳肩膀。

自從失控意外發生後，整個《秋葉原》都陷入一片混亂。到現在都還沒看到有救護團隊派到羅馬競技場這裡來，市民之間的通訊也幾乎全部斷線。頂多只能靠消耗《令咒》，用魔術進行通訊。

我有很不好的預感。

「……可是她人就在鬥技場的某處，我去找找看。」

「那我也去——」

「卡琳妳就留在這裡吧，和紅葉小姐一起治療那些受傷的人。」

我壓抑住內心湧起的不安，對憂心忡忡的卡琳擺出笑臉。

同時我也用沉默請求千歲許可。

「等一下。」

少年用稚嫩的童音喊住的不是我，而是一個令人料想不到的對象。

「千歲，有件事必須告訴妳。」

「什麼事呢？」

「有狗在呼喚我。一隻黑色的狗。」

又是狗的事情。

我先前以為這只是一件芝麻小事，所以只是聽聽，也沒放在心上。可是剛才面對五名敵人包圍，臉上都還流露出無懼笑容的千歲，這時候的表情卻變得僵硬起來。

「牠要我轉告妳。」

「……黑色的狗……那隻狗說了什麼？」

「牠說，死亡前來迎接了。」

■ 7

——「死亡是什麼？」

聽見少年可怕的低語聲，我頓時忘我地拔腿就跑。

也不理會背後有人在呼喊我。

我一直都太自以為是了。依照〝老師〞的委託去執行〝工作〞，還自以為我憑著一己之力就保護整座城市的安全。

在這座千歲建立起的空中樓閣找到當中一點瑕疵，感覺自己祖母從以前就是這麼笨拙、思慮漏洞百出，我還覺得沾沾自喜。

（可是就在我自以為得意的時候，是老師一直在努力，是她在處理那些我根本應付不來的大型事件。日夜不眠不休，甚至把自己搞垮……）

慢慢西斜的太陽被競技場外圍遮掉一部分，落下一大片陰影。

我發現模擬海戰剛開始時灌滿場地的海水，已經淹到原來根本淹不到的上層觀眾席。

即便寶具造成的衝擊讓海水翻騰起來，但水位未免升得太高了。

水流刷刷地順著通道流淌下來，我在水流中逆流而上，彷彿在尋找水流源頭般，往上層觀眾席走去。

觀眾席幾乎已經完全被淹沒，並排的椅子中間還漂著好幾具來不及逃生的觀眾屍體，有如路旁水溝裡的落葉般堆在一起。

（普蘭他到底看到什麼……他說有黑色的狗……難道是真的嗎？）

殺害從者的〝死神〞。

我的工作就是把不適合留在這座城市的外來入侵者趕跑，有時候還會殺死他們。

把那些棘手的異物排除掉，其實已經是最簡單的工作了。

老師總是在思索要如何才能接納他們。

——原諒那些人，並且接納他們。

——不要排斥他們，把他們當作熟悉的鄰人迎接。

她常常這麼說。

我順著室內觀眾席上方的斜坡走道到達最上層。

她就仰躺在斜坡走道上一灘看起來不應該存在的異樣水漬當中。

「——老師！藤村老師！」

我趕緊跑過去，抱起她溼透的身軀。老師痛苦地從嘴裡吐出一口水，彷彿前一秒鐘還在這片陸地上溺水一般。

「繪里世……同學。」

我很快地審視她的身體有沒有什麼狀況，忍不住倒吸一口氣。

「我的精準度好像已經下降了……沒想到竟然比原本預測的運作停止時間撐得還更久。」

沾溼她身軀的不光只有水而已。幾乎完好如初的衣服底下，好幾個指尖大小的孔洞穿透她的身體，溫熱的液體從裡面流了出來，那是人型終端機特有的透明黏稠液體。

我拚命運用自己模糊不清的知識與記憶，拼湊出救護ＡＩ的流程步驟。

立即備份資料、利用假死狀態避免資料流失、把可以當作暫代本體的光學結晶體取出，移植到其他終端機。現在還來得及，應該還來得及。

可是有一件事可以確定，**用物理手法絕對沒辦法殺害與《聖杯》連結在一起的ＡＩ**。因為ＡＩ沒有生命，只不過是一種經過重現出來的創發性狀態而已。

（啊啊——現在不能哭。等事情結束後要哭多久都行）

我抱起那逐漸變冷的身軀，想要把她帶到樓下去，結果感覺好像卡住。這時候我才發現有東西纏在她的身上。

那是一塊染成紅色的亞麻布。因為沾溼的關係，顏色變得暗沉，看起來更像是鮮血的顏色。

「——就讓她去吧。」

一抹冷漠不帶有感情的聲音傳進我耳裡。

「唯有入土為安的事物，才能成為恆久不變的真實。」

不對，我感覺到一股氣息。因為太靠近了，所以剛才沒發現。

他們打從一開始就在那裡。一股不下於恩桑比的神聖靈氣，一股神氣逐漸充斥鬥技場的陰暗處。

「Porca miseria…」

老師用虛弱但仍然帶著尖銳語氣的聲音罵道。

「……你給我住口，笨狗……**這兩個**是混在引進來的海水裡入侵進來的……竟然經由嚴密祝聖過的管道……真是料想不到的盲點……」

＊

「我們已經對人類做出充分的警告了，馬上也會離開這座堡壘。」

那抹〝聲音〞是出自趴伏在斜坡通道前方的一隻狗。

那是一頭毛色比陰影更加深沉，如同夜色般黝黑，還有一對長耳朵，體態相當優美的狗。具有濃濃的東方風格。

在黑狗旁站著一名少女，身上穿著連身衣裙的民俗服飾，看起來一派稚嫩模樣。

「不過……既然那個女人如此頑抗，怎麼樣都不讓我們和某個人見面。所以我們便動念想和那個人打個照面……」

「繪里世同學……不行……妳快走……」

雖然老師勸我快點逃，我卻動彈不得。

那抹聲音讓我感到莫名的懷念，我就像鬼壓床那般渾身僵硬。

「白晝將會粉碎黑夜——

就如同男顯陰柔、女顯陽剛一般。

英靈之座已經扭曲，聖杯早已盛滿欺瞞眾生的黑泥。

太陽不久之後就會西沉，重新創造白晝的時刻已經到來。」

伴隨著喀喀喀喀喀的聲響——打破靜謐的粗大鐵釘洞穿了他們。

千歲站在我和老師的身後，兩隻手上的《令咒》綻放出光芒。

可是——『束縛』的聖釘並沒能捕捉到他們的本體。

眾人才懷疑他們的身體表面怎麼有一道道波紋產生，下一秒鐘人體與動物的外型便隨之崩散，還原成原本的水態。剛才那只不過是水形成的人偶罷了。

現場只留有一陣低沉的悶響。

「繪里世，妳應該與我們同在。我們——會再來迎接妳——」

不祥的入侵者消失得無影無蹤，留下我在現場。

千歲看到瀕死的卡蓮，卻沒有任何動作。

「繪里世……同學……」

老師呼喚我，想要向我交代她最後的話語。

我努力想要把她那時不時幾乎被水聲蓋過的聲音烙印在內心裡。

可是時刻已經近在眼前了。

「老師……老師……拜託妳不要死……卡蓮……」

我緊抱著她聲聲呼喚，她的身體輕得嚇人。

「這不是死亡……只是喪失了一具ＡＩ代理者，這件事不過如此而已。」

「可是……我沒辦法接受啊……」

看到我哭到表情扭曲，涕泗縱橫的模樣，卡蓮露出虛弱的微笑。

「謝謝妳，繪里世……」

卡蓮舉起顫抖的手，輕撫我的瀏海。

好像很懷念似地摸了摸我的額頭。

「我以前……也有母親……那個人她……用大家都無法諒解的方式死去……所以至少我……」

我沒能把這句話聽到最後。

她的指尖順著我的臉頰靜靜滑落。

『報告——』

隨著通話的語音，千歲身旁的空間出現一幅畫面。

這是利用遠隔視禮裝產生的魔術，畫面上出現一名身穿箭羽花紋和式褲裙的卡蓮系列機體。

『已經確認卡蓮・藤村的靈子核心消失。依照事前規定，馬賽克市的監視工作、卡蓮系列的統括權限將由〝卡蓮・冰室〞繼承。《秋葉原》地區暫時由系列所有代理者共同分割管理。

——就是這樣，妳意下如何呢？千歲，請核准。』

千歲當場屈膝跪下，把老師裂開的眼鏡摘下來。

她把手掌放在卡蓮的雙眼上，把那雙未能閉上的雙眼闔上。

「我核准。」

■ 8

天色已漸漸幽暗。

羅馬競技場外頭也發生了大大小小的異狀。

這段時間實際上等同沒有都市管理ＡＩ在運作，因為都市核心功能癱瘓，便使得《秋葉原》各個區域在這段空白期間當中發生了許多意外事故。

可是通訊以及交通網路已經逐漸復原，當局與醫療機構正在迅速恢復原本的機能。

我們一行人終於離開了競技場。

周圍到處都擠滿了形形色色的人們，比賽觀眾的家人以及朋友終於經由都市情報網獲悉競技場內發生的慘劇，到處人來人往想要確認自己的親友是否平安。

呼喚家人名字的聲音、失去心愛之人而泣不成聲的痛哭。

競技場的外部牆壁因為激戰而遭到破壞，如今隨時都有可能崩塌，因此現場已經拉起封鎖線，禁止任何人進入場內。

「我總覺得那傢伙好像也在這裡……」

卡琳一邊喃喃自語，一邊帶著古怪的表情向四周觀望。

「妳說的那傢伙……是朽目先生嗎？」

卡琳一反常態，膽怯地點點頭。

「可是一下子就不見人影了。」

「會不會是來確認我們是不是平安無事吧……這樣會很奇怪嗎？」

卡琳露出開朗的笑容，叫我別太介意。

經她這麼一提，我也轉頭看了看周圍的人潮。

「…………啊，找到了。」

少年就在傷痛的漩渦中孤零零站著。他靜靜地聽著人們的哀聲，彷彿在聆聽樂曲一般。

在我眼中看來，這個曾經問過什麼是死亡的少年，此時好像正試圖想要追尋這個問題的答案。

孤立於滿懷悲傷的人群中，少年金色的領巾輕晃著，映照出一道道夕陽餘暉。

那模樣看起來恍若幻夢。

死亡的領域正在擴散——恩桑比之前曾經這麼說過。

死亡並沒有什麼特別，它隨時都在我們的身邊。

只是在這座城市當中，死亡已經與人們的舞臺遠遠隔離，被掩蓋起來而已。

而我的眼睛有時候被我自己的雙手；有時是都市管理ＡＩ溫柔的手；有時則是千歲那白皙的指尖給遮住。

「千歲——」

我直視著祖母問道：

「那個黑狗外貌的從者，和千歲妳認識對不對？」

根據牠的外貌，我也能列舉出幾種推測。可是比起這些猜測，更重要的是那個從者叫了我的名字，而且和千歲已經互相認識。

「妳聽到有黑狗的時候露出驚訝的表情，而且打出聖釘的時候根本沒有一絲猶豫。妳早就知道他們是誰，早就知道今天這些事情會發生。」

「…………」

千歲沒有回答。

恢復一身西裝的路修斯同樣也是愁眉深鎖，默然不語。
路修斯是我最喜歡的人，可是唯獨今天，他的沉默讓我內心怒火中燒。
千歲開口了，但卻完全沒有搭理我的疑問。又來了，又是這樣。
「繪里世，有件事我必須代替卡蓮告訴妳。」
我立刻防備起來。她總是一次又一次為我帶來不幸。
「——卡蓮委託妳保護的那個孩子就交給我吧。」
………!?
又是一個出乎我意料之外的要求，我聽到之後渾身一震。
她剝奪了我的一切。
不管是我的〃工作〃或是我保護的少年，就連一直守護著我的卡蓮——還有我的父母親。
——我不會再對她唯命是從了。
「我拒絕。」
千歲早就料到我會拒絕，即便聽到我這麼堅決的回答，她連一點歉疚的表情都沒有。

「——就算我拒絕，妳也不會理會吧。千歲。」

「……沒錯。」

她看了看站在離我們有點距離的少年。我往前站了一步，擋在她面前。

「老師委託我的工作不是只有保護他而已，還要查出他的身分。」

「這件事也不用做了。」

我搖搖頭。

「不能不做。我可能已經找到答案了。」

「……是嗎，看來妳是不會答應了。那就沒辦法了。」

千歲的手上綻放出《令咒》的光輝。那是聖痕的印記，那是以自身模擬磔刑之苦痛的虔誠之心明證。

接著千歲沉聲發出呼喚，呼喚她的從者。

「路修斯——」

她該不會——

聽見千歲的呼喚，他沒有任何動作。

他只是撇開頭站著，彷彿什麼都沒聽見。

「路修斯。」

千歲再次叫喚他，用那抹令人血液都為之凍結的柔和嗓音。

「拜……拜託別這麼做……路修斯……！」

我趕緊向少年跑去，可是——

早在主人的《令咒》光芒更增之前，他已經如同機械一般動了起來。

一柄長槍出現在他的手中，接下來——

他把長槍對準少年投了過去。

＊

一陣有如冰塊碎裂般的金鐵交擊聲傳來。

路修斯擲出的聖槍被高高彈飛在橘紅色的天空上。

雖然我還沒來得及趕上，但那個人卻已經站在少年的面前。

脫下鎧甲，一身輕便襯衫裝扮的加拉哈德。

他高舉手中長劍，橫劍而立，雙眼直射朗基努斯。

「喂，〝死神〞，這是為了答謝妳在面對恩桑比的時候沒有對小春見死不救。我就用這種方式報答，妳滿意嗎？」

在空中俐落旋轉的長槍又往加拉哈德面前落下。

就在長槍落地之前，他一把握住，然後用迅雷不及掩耳的速度朝朗基努斯的腳下扔了回去。

加拉哈德對面帶不豫之色的朗基努斯說道：

「……我這把〝奇異垂布的劍〞雖然沒什麼大本事，但說到來歷，它可是以色列王還在當牧羊人時候的配劍。雖然看起來不怎麼起眼，好歹也算是一件聖遺物。」

「原來如此……是大衛王的劍啊。」

「是啊。朗基努斯，就算面對你最引以為傲，號稱能夠貫穿任何防護的聖槍，如果只是說兩句嘲諷話，我倒也能夠表達一點意見。」

加拉哈德把長劍收回腰間，臉上還掛著冷笑。

（小春……！）

接受完急救又回到這裡的小春走過來，沉默地站在加拉哈德身邊。

對於加拉哈德的行為，那張充滿哀慟的側臉並沒有任何詫異之色。

小春從剛才就一直看著我和千歲的對話。

「──再說了，我猜你早就在等我出手阻止你，對吧？」

「……………」

朗基努斯默然，而我則是瞪著千歲。

千歲終於發出一陣嘆息，收起《令咒》。

她從小春身旁走過，一邊對她說道：

「萊登佛斯，快點把傷養好。將來還會需要藉助妳的力量。」

「……好……」

小春臉色蒼白，根本沒辦法直視千歲。

就這樣，千歲與朗基努斯一起走出了競技場。

我很想向小春與加拉哈德表達謝意。甚至很難得的想出一個主意，也約卡琳與紅葉，大家一起去茶飲店喝茶。

——事情就發生在這個時候。

「……嗚……呃……」

一陣劇痛向我襲來。我抓住自己的手臂，當場蹲了下來。

這種痛覺和那些惡靈造成的感覺完全不一樣，是我從未感覺過的痛。

當我回過神來的時候，他已經站在我的面前，然後用嚴肅的口吻開口問道：

「I, ask, you—」

又是那種生硬的英語。

他在叫我，雙眼也直視著我。

「Are—you—my—master?」

一股熱氣與痛楚往手腕下方竄去，刻劃出魔力流動的通道。

接著我一直期盼已久的契約印記——

《令咒》的紋樣在我的左手手背上浮現。

他就像是一名小小騎士執起我的手，威風凜凜地看著我。

我在笑著，但同時我也覺得自己一定在流淚。

「你真的是來自一個非常遙遠的地方耶！」

「嗯。」

「你的名字叫做〝航海家(Voyager)〞，是一個在茫茫星海中旅行的孤獨從者。」

「嗯——我們終於見到面了，繪里世。」

即便是我沒有訴諸言語的聲音，他也聽見了，對我點點頭。

在此立誓——

吾乃成就常世全善之人；吾乃散播常世全惡之人。

「我答應妳，繪里世——

讓我們一起毀掉這個世界，結束聖杯戰爭。」

若願遵循聖杯之倚託，服從此理此意的話——

吾之命運就交付於汝之指引。

「妳的期望就是我之前遺忘的事物。

我們兩人一起見證終結的到來吧——」

＊

「聖杯戰爭……還沒結束。」

先前目光漸漸暗淡的老師躺在我懷中，這麼說道。

「繪里世同學，妳想要戰鬥嗎……又或者……」

——我一直在渴望。

希望投身於那場追求《聖杯》的戰爭中。

然後終結它。

老師聽了之後，露出非常哀傷的表情。

「……這樣啊。那這就是我給妳的最後一項委託工作。繪里世，既然妳的期望如此，那麼——」

「我要妳去一趟冬木——」

未完待續

浮文字

Fate/Requiem 1 漫步群星的少年

（原名：フェイト／レクイエム1 星巡る少年）

作者／星空流星　封面插畫／ＮＯＣＯ　譯者／hundreder

執行長／陳君平　榮譽發行人／黃鎮隆

協理／洪琇菁　國際版權／黃令歡

執行編輯／石書豪　美術編輯／方品舒

出版／城邦文化事業股份有限公司　尖端出版
台北市中山區民生東路二段一四一號十樓
電話：（〇二）二五〇〇七六〇〇　傳真：（〇二）二五〇〇二六八三
E-mail：7novels@mail2.spp.com.tw

發行／英屬蓋曼群島商家庭傳媒股份有限公司城邦分公司　尖端出版
台北市中山區民生東路二段一四一號十樓
電話：（〇二）二五〇〇—七六〇〇（代表號）
傳真：（〇二）二五〇〇—一九七九

中彰投以北經銷／楨彥有限公司
電話：（〇二）八九一九—三三六九
傳真：（〇二）八九一四—五五二四

雲嘉經銷／智豐圖書股份有限公司　嘉義公司
電話：（〇五）二三三—三八五二
傳真：（〇五）二三三—三八六三

南部經銷／智豐圖書股份有限公司　高雄公司
電話：（〇七）三七三—〇〇七九
傳真：（〇七）三七三—〇〇八七

一代匯集／香港九龍旺角塘尾道六十四號龍駒企業大廈十樓B&D室
電話：（八五二）二七八三—八一〇二
傳真：（八五二）二七八二—一五二九

馬新總經銷／城邦（馬新）出版集團　Cite(M)Sdn.Bhd.
E-mail：Cite@cite.com.my

法律顧問／王子文律師　元禾法律事務所
台北市羅斯福路三段三十七號十五樓

二〇二一年七月一版一刷
二〇二四年二月一版二刷

■中文版■

郵購注意事項：
1. 填妥劃撥單資料：帳號：50003021戶名：英屬蓋曼群島商家庭傳媒(股)公司城邦分公司。2. 通信欄內註明訂購書名與冊數。3. 劃撥金額低於500元，請加附掛號郵資50元。如劃撥日起 10～14日，仍未收到書時，請洽劃撥組。劃撥專線TEL：(03) 312-4212 ・ FAX：(03) 322-4621。E-mail：marketing@spp.com.tw

國家圖書館出版品預行編目資料

Fate/Requiem / 星空流星作 ;
Hundreder譯. --1版.
--臺北市：尖端出版, 2021.07　面 ; 公分.--(浮文字)
譯自:Fate/Requiem
ISBN 978-626-308-328-8(平裝)

861.57　　110007297